诺贝尔文学奖得主
奥尔加·托卡尔丘克 作品

SZAFA

Olga Tokarczuk

衣柜

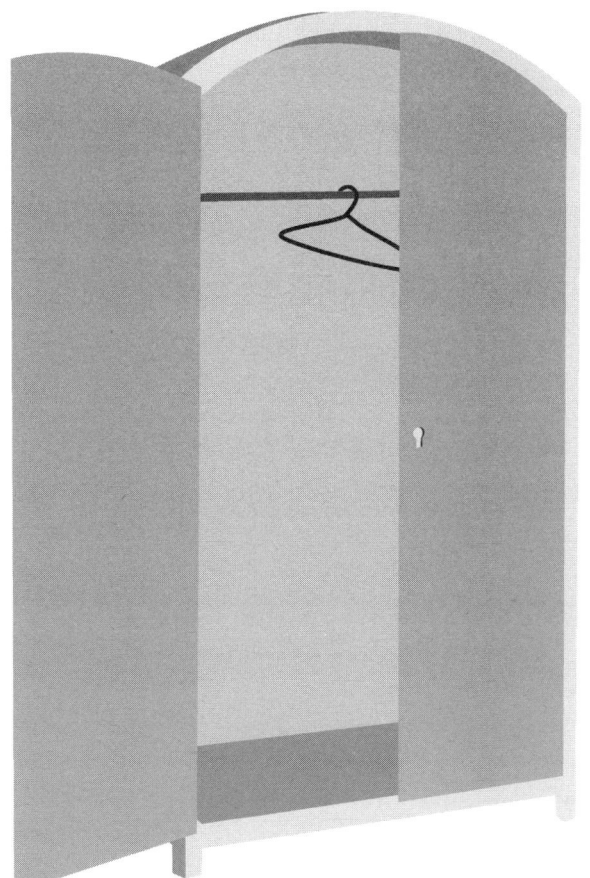

[波兰]
奥尔加·托卡尔丘克 著

赵祯 崔晓静 译

SZAFA

目录

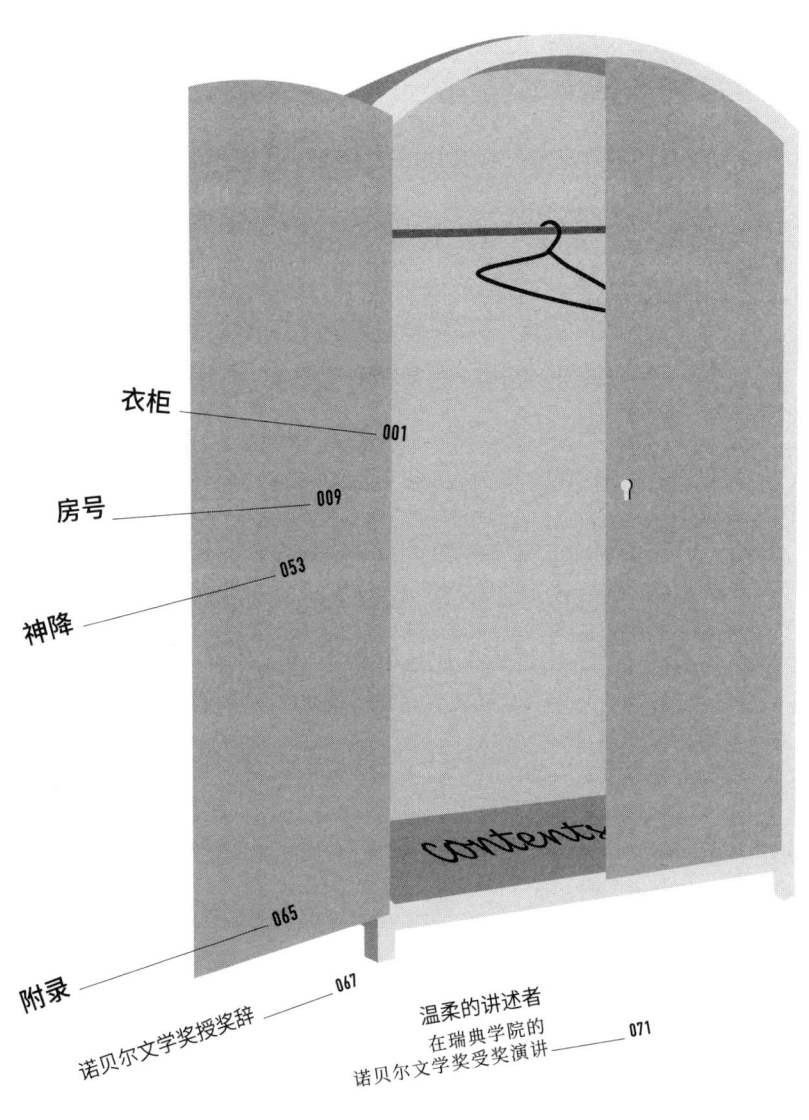

衣柜 —— 001

房号 —— 009

神降 —— 053

附录 —— 065

诺贝尔文学奖授奖辞 —— 067

温柔的讲述者
在瑞典学院的
诺贝尔文学奖受奖演讲 —— 071

"一切都说明，文学将变得越来越小众"
奥尔加·托卡尔丘克访谈 —— 107

衣　柜

我们把家搬到这里的时候,买了一只颜色很深的旧衣柜,价格还没有把它从二手商店运回家的运费高。两扇柜门上有植物形状的装饰,第三扇柜门是玻璃的,我们开着租来的车把衣柜运回来的时候,玻璃上折射出整座城市。运输过程中需要用绳子绑住柜子,以防柜门在中途打开。我拿着一圈绳子站在衣柜旁边时,第一次感受到了自己的荒唐。"它会和我们的其他家具很搭。"R先生一边说,一边温柔地抚摸着这只木质衣柜，仿佛抚摸着一头刚被新农场买来的奶牛。

最初，我们决定把这只衣柜放在走廊上，用来隔开我们的卧室和其他空间。我将松节油注射到几乎看不见的孔中，它是可以帮助衣柜抵抗时间腐蚀的可靠"疫苗"。夜里，安放在新位置的衣柜嘎吱作响，垂死的木蛀虫发出悲痛的声音。

接下来的几天，我们都在收拾新房子——一处旧公寓。我在地板的缝隙中找到一把手柄上刻有纳粹标志[1]的叉子，木壁板后面是一张旧报纸的残留部分，只能识别出上面的一个词：无产者。为了挂窗帘，R先生把窗户开得很大，房间里充满了矿工管乐队的喧闹声，一直持续到晚上。衣柜出现在我们梦中的第一晚，我们都没能睡很久，R先生的

---

[1] 原文为波兰语"swastyka"（西方语言中称为"swastika"，这源于梵语拉丁字母转写的"svástika"），意为"万字符"，是一个古代宗教信仰的标志，纳粹标志与该符号相似，本文中指的是纳粹标志。——本书注释如无特别说明，均为译者注

手不安地在我肚子上摸来摸去,然后我们就做了一个梦。从此之后,我们经常做一样的梦,梦里一片寂静,万物都像商店展示柜上的装饰物一样悬挂着,我们在这片寂静中都很快乐,因为我们并不存在于任何地方,早晨醒来时,我们不必向对方讲述梦的内容——一个字就足够了。从这时起,我们不再告诉对方自己做了什么梦。有一天,我们发现公寓里已经没什么需要收拾的地方了,所有东西都在自己的位置上,干净又整洁。我一边在壁炉旁烤背取暖,一边观察餐巾,上面的螺纹图案是不规则的,有人用针在完整的布料上勾了许多孔,通过这些孔我看到了衣柜,回想起了那个梦,梦中的那一片寂静正是来自衣柜。我和衣柜背向而立,我是脆弱、忙碌、短暂的那一个,而衣柜只是它自己,它完美地成为它自己。我用手指拧了一下衣柜的门把手,衣柜就在我面前打开了,我看到了自己的连衣裙的影子,还有R先生的两套旧西装——所有东西在黑暗中都是一种颜色。在衣柜里,我的女性特质和R先生的男性特质并无区别,一个物体光滑或粗糙,椭圆形或有棱角,远或近,陌生或熟悉,也变得无关紧要。衣柜里有其他地方的气味,时间对我而言也很陌生,天哪,但那里又存在着熟悉、亲切、不足以用言语描述的东西(我们用文字去命名一个事物时不能对它过于熟悉)。柜门内侧的镜子反射出我的身影,只有一片漆黑,和挂在衣架上的连衣裙几乎没有区别,有生命的物体和无生命的物体在此时并无差异,我的身影出现在衣柜的"镜眼"里,现在我只需抬起腿就走到了衣柜里面。坐在装了毛线的塑料袋上,封闭空间里,我听到自己的呼吸声逐渐增强。

当心灵独处时,它就开始祈祷,这就是心灵的天性。"上帝的天使啊,我的守护神,"我看到我的天使有着美丽无瑕的面庞,"你要一直待在我身边……"它用光滑的翅膀深情地拥抱着我周围的世界。"清晨,"咖啡的香气和明亮到刺眼的窗户,"傍晚,"日落时分逐渐变慢的时间,"白天,"存在变成了我们所经历的东西,变成了喧闹、运动以及上百万个毫无意义的行为,"夜里,"黑暗中无助、孤独的身体,"请一直帮助我。"守护在深渊上行走的孩子的天使,"请守护、保卫我的灵魂和身体,"带有"小心,易碎"字样的硬纸盒,"请引领我走向永生,阿门。"在衣柜的半明半暗中挂着的连衣裙。

从此,这只衣柜就成了我们卧室里的一个巨大的能量坑,每天都吸引着我钻到里面去。刚开始,我会在下午 R 先生不在家的时候坐在衣柜里面,到了后来,我早上只做最必要的事情,比如购物、洗衣服、打电话,然后就钻进衣柜里,小声地关上身后的柜门。在衣柜里面,时刻、季节和年份都变得无所谓,一切都令人感到舒服柔和,我依靠自己的呼吸来进行补给。

夜里,当我从沉重得透不过气来的梦中惊醒,我需要衣柜,就像需要男人一样。我必须手脚并用地抱住 R 先生,必须紧贴着他,不让他离开。R 先生说了梦话,但这些话都没什么意义。一天晚上,我把 R 先生喊醒,尽管他并不想离开温暖的床,但我还是把他从床上拉了下来,和他一起站在衣柜前。眼前的衣柜不会改变,强大且诱人。我用手指拧了一下衣柜的门把手,衣柜就在我们面前打开了,里面足以装下整个世界。衣柜里的镜子反射出我们两个人的身影,将我们从黑暗中解放了出来,我们刚开始不均匀且断断续续的呼吸声逐渐找到了同一个节奏,两个人之间再也没有任何差异。我和 R 先生面对面在衣柜里坐着,里面挂着的衣服遮住了我们的脸,身后的柜门关上了,我们就这样住在了衣柜里。

刚开始,R 先生会出门购物或者工作,但是后来这些事情让他非常痛苦。白天变得越来越长,有时从街上传来矿工管乐队低沉的音乐声,太阳落下又升起,这时,窗户将太阳拉进屋里的尝试失败了,家具、餐巾和瓷器上覆盖着越来越厚的灰尘,而我们的公寓也一直陷于黑暗之中。

1987 年

(崔晓静译)

房　号

N

在酒店

首都饭店吸引来的就只有有钱人。穿着制服的门童,跑腿的伙计,操着西班牙口音、穿着燕尾服的服务员都是为了他们而存在;四面装着玻璃的静音电梯是为了他们,每天被矮小的南斯拉夫女孩擦拭两次的、不能沾染上任何指纹的铜制门把手是为了他们,只有当他们电梯幽闭恐惧症发作的时候才会使用的铺满地毯的楼梯是为了他们，宽大的沙发、厚重结实的被褥、在床上享用的早餐、空调、比雪还白的手巾、香皂、芬芳的洗发水、橡木坐便器、最新的杂志是为了他们；上帝为他们创造了管理脏内衣的安吉洛和提供特殊服务的扎帕塔，在走廊里穿行的穿着粉白相间制服的客房服务员也是为了他们，而我就是其中的一员。

但可能关于"我"说得太多，当我正在走廊尽头的小隔间里换上格子围裙的时候，有关我的事已经没什么可说的了。毕竟我脱下了自己的颜色、我的安全气味、我最喜欢的耳环、我夸张的妆容和高跟鞋。我也卸下了我的外地口音、我奇怪的名字、诙谐幽默、鱼尾纹、对这里极品菜肴的喜爱、对琐事的记忆——我光裸地站在粉白相间的制服里，就好像突然之间站在了海水的白沫里。而从这一刻开始——

整个二层都是我的

每个周末,我八点钟来,不需要赶时间,因为八点钟所有有钱人都在睡觉。酒店将他们纳入怀抱,安稳地摇晃,就好像自己是世界中央一枚巨大的贝壳,而他们则是珍贵的珍珠。远处某个地方汽车醒了过来,地铁则引得小草尖微微颤动。而冰冷的阴影仍旧覆盖着酒店的小花园。

我从花园一侧的门进来,一下子就闻到了那股奇怪的味道,它混合了清洁剂、洗过的内衣和因承受不住来来往往的人而流汗不止的墙壁散发出的气味。电梯——长宽都是半米——停在我面前做好了服务的准备。我按下了四楼的按钮,去我的上司朗小姐①那里听指令。当电梯升到二层和三层之间的时候,我脸上总会闪过类似恐慌的表情,我怕电梯停下,怕自己永远留在这里,就像细菌一样,被困在首

---

① 原文为英语。

都饭店的身体里。而酒店醒来以后，就开始慢条斯理地将我消化，撬开我的思想，将我身上还残留的东西一并吸收，在我无声地消失之前，将我变成它自己的养分。但是电梯仁慈地将我放了出来。

朗小姐坐在自己的办公桌后面，眼镜架在她的鼻尖上。所有客房服务员中的女王、八个楼层的女主席、上百个床单枕套的服务员、地毯和电梯的女管家，以及扫帚和吸尘器的女侍从官，就应该打扮成这样。她越过镜片看向我，然后拿出专属于我的卡片，上面的空格和空栏里是整个二层的检查结果，每个房间的情况。朗小姐从不注意酒店里的客人，可能他们对于更高级的工作人员来说更重要，尽管很难想象有谁能比朗小姐更加重要，更加尊贵。

于她而言，酒店就是一个完美的结构，我们必须精心呵护的鲜活的存在，虽然它一动不动。当然，人们或匆匆，或缓缓地在酒店里流动，将它的床铺捂热，从它铜制的乳头吸水喝。但是他们只是过客，总会离开，而我们和酒店则留在原地。所以朗小姐向我描述房间的时候，总当它们是"被临幸的地方"①——永远都用被动语态："被占用的""被弄脏的""被留下的""暂时被解放几天的"。她一边说着，一边还会不满地看着我俗气的衣服和脸上残留的、匆忙化的妆。而我已经手拿写着朗小姐漂亮的，有点像维多利亚时期书法的笔迹的卡片顺着走廊走了，一边放松自己，一边还要思考策略。

然后我便不自觉地从后勤区走到了为客人准备的地方。我是通过味道认出来的——我必须抬起头才能将其区分。有些时候我能区分：有的房间闻起来像男士阿玛尼或者拉格斐，又或者像浓郁典雅的宝诗龙。我是通过在"时尚"网站购买的便宜试用装认得这些气味的，我知道那些小分装瓶长什么样。还有粉饼、抗皱霜、丝绸、鳄鱼皮，洒了一

---

① 本处波兰语原文亦可做"灵异之地"解释。

床的金巴利,给温温柔柔的棕发女孩抽的"随想曲"牌香烟。这就是二层独有的气味,但还不是所有的味道——应该只是第二层独特气味的前调。在我赶去自己储物间的路上,我就会像认出老朋友一样认出它。而在储物间里总会发生——

转变

我穿着粉白相间的制服,已经不再像从前那样看走廊了。我不寻找气味,铜制的门把手上的倒影不再吸引人,我也不再聆听自己的脚步声。现在面对走廊的视角里,吸引我的是门上编了号的长方形牌子。这八个长方形牌子,每个后面都是一个房间——被滥用的四角空间,每隔几天就会给别人使用。其中四个房间的窗户面朝街道,街上总是站着一个留着络腮胡、穿着苏格兰裙的男人在弹班杜拉琴。我怀疑他不是苏格兰人。他太有激情了。

在他旁边放着顶帽子，里面还有一枚吸引同类的硬币。

　　剩下的四个窗户面朝花园的房间采光就不是很好，总是浸没在阴影中。这八个房间已经全部印在了我的脑海中，尽管我还没有见到它们。我的眼睛能看到的就只有门把手，其中有几个上面还挂着"请勿打扰"的牌子。我挺高兴，因为不管是打扰别人还是打扰他们的房间，对我来说都没有好处，我更希望他们不要来打搅我坐拥二层的美梦。有时牌子上会显示"请即打扫"，这个标志让我进入了准备状态。还有第三类信息：无信息。这让我像打了激素一样，有点不安，开启我沉睡到这个时候的客房服务员的智慧。有时，当这样的门后面过于安静，我就必须将耳朵贴上去，仔细听，甚至还会从钥匙孔往里面看。这样总好过拿着一手毛巾突然出现在房间里，撞上慌乱遮住裸体的客人，或者更糟，看见客人深陷难以挣脱的梦，就好像马上要消失一样。

　　所以我信任门上的小牌子。它们就是签证，进入迷你世界的许可,那是——

房号的世界

200号房间没人,床单皱巴巴的,还有一点垃圾和某人的匆忙、床上的辗转反侧、收拾行李时急急忙忙留下来的苦涩味道。这人肯定是一大早就离开了,一定是去赶飞机……也可能是去赶火车了。我的任务就是从床上、地毯上、衣柜里、小柜子里、卫生间里、墙纸上、烟灰缸里、空气里清除他的痕迹。这一点也不简单,日常的清扫并不够。前一位客人留在这里的属性残渣需要用我自己的无属性来洗刷,"转变"就是为此而存在。那张脸在镜子里残留的倒影,我必须用抹布来擦掉,但还得用我粉白相间的无脸特性来填充这面镜子。心不在焉、兵荒马乱地留下来的那个气味,我必须用我的无气味来抹去。这就是为什么我作为一个专门来打扫的人会在这里,而正因如此，我并不是什么具体的人。而我也这样做了。女人们待过的地方更难打扫。女人们会在身后留下更多痕迹，这意思不仅仅是说她们会落下零零碎碎的东西。她们下意识地会试着将酒店房间变成自己家的代替品。凡是可以扎根的地方，她们就会扎根，就像风里的种子。在酒店的衣柜里挂着某种深埋在心底的思念；卫生间里，她们不知羞耻地留下自己的欲望和狼藉。她们在玻璃杯和烟嘴上漫不经心地留下自己嘴的痕迹。浴缸里——头发。她们把爽身粉洒在地上，而爽身粉就像内奸一样，暴露了她们的脚印。她们之中有一些人睡觉的时候不卸妆，于是枕头——酒店里的维罗尼卡的手帕①——向我展示了她们的脸。但她们从不留小费。留小费需要的是男人们的自信心，因为对于男人来说，世界更像是一座市场而不是剧场。他们更愿意用钱买所有的东西，甚至买来备着。

---

① 相传一位名叫维罗尼卡的妇女用手帕为苦路上的耶稣抹面，耶稣的圣容留在手帕上，手帕此后成为圣物。在此比喻未卸妆的女人睡觉时把脸像画像一样印在了枕头上。

只有当他们付钱的时候，他们才是自由的。

接下来是——

224号房间，
里面住着一对日本夫妇

他们住在这里有一段时间了，而他们的房间总让我觉得似曾相识。他们起得早，肯定是为了不停地参观博物馆、画廊，逛商店，用数不清的照片来记录城市，悄无声息又颇有礼貌地穿过街道，还在地铁里让座。

他们住的房间是一个精致的双人间，但这房间看起来就像没有被任何人住过一样。这里没有不小心留在镜子下的洗漱台上的东西。他们不看电视也不听广播，有旋钮的铜面没有任何指纹。浴缸里也没有水，镜子上也没有水滴，地毯上也没有碎屑。枕头也没有被压出他们脑袋的形状。我的制服也没有粘上他们掉落的黑发。而且，让我感到不安的是，房间里没有他们的味道，只有首都饭店的味道。

床边，我看到两双干净又整洁，摆放整齐，暂时不用为脚服务的凉鞋。一双比较大，另一双小一些。衣柜上面放着旅游指南——每位旅行者的《圣经》。而卫生间里摆放着洗漱用品——实用而且低调。于是我只铺了一下床，然后我制造的狼藉就赶上了他们一个月的量。

每当打扫这间房，我都会感动，因为我震惊于竟然能有这样的存在方式，就好像从来没有存在过。我倚坐在床边，吸收着他们的不在场。还有一点让我感动，就是日本人总会留下不多的小费——整齐地摆放在枕头上，是我必须得拿走的硬币。这是一封书信，一种信息。这就是我们之间的联络：他们给我小费，就好像在对他们自己占用我时间不够多而感到抱歉，这仿佛是对没有一点噪音的补偿，补偿他们没能融入这周围的喧嚣。他们担心这有可能会让我失望，让我生气。这一点小费是他们谢意的表达，感谢我允许他们以一种方式存在，就以这样的方式存在——想以什么样的方式存在，就以什么样的方式存在。我尽可能地珍重他们与我见面的方式——我带着爱意为他们铺床。我抚平枕头的褶皱，铺平床单，这床单他们总也弄不皱，就好像他们小小的身体比其他人更加"不物质"。

我做这些事的时候，缓慢而庄严，我感觉我在给予。我在给予中徜徉，在自我中迷失。我拂过他们的房间，温柔地抚摸所有东西。而他们这时正在陌生的城市里坐地铁赶去下一座博物馆、下一场展览，肯定能感觉到。他们眼前闪过酒店房间的画面，脑海中生出不明的思念情绪、启程回家的突然想法，但没有我的一点点痕迹。我的爱，对此，他们肯定认为是共情，没有面孔，没有穿着粉白制服的身体。所以他们不是给我留小费，而是给房间，给它在世界的空间里默默的停留，给它在解释不清的变动中的永恒不变而留。两枚放在枕头上的硬币将一种错觉维持到了晚上，就好像没有人在看的时候，这样的房间也存在。两枚硬币只是吹散了真实的恐惧——世界仅仅存在于望向世界的视线之内，别处,再也没有了。

我就这样坐着,呼吸这个房间的冰冷和空虚,内心充满了对这对日本夫妇的尊敬,而我仅仅是通过被脱下的凉鞋里非物质的脚印认识了他们。

但我马上就要离开这个小小的圣坛了。我静悄悄地离开,像吸气那样悄无声息,然后下到中间层,因为到了——

喝茶的时间

其他楼层的粉白公主已经在楼梯上坐着了,咬着涂满黄油的吐司,就着咖啡咽下。玛丽亚在我身边坐下,她有着印第安女人的魅力,再旁边是掌管脏内衣的安吉洛,还有佩德罗——可能他管的是干净的内衣,因为他看起来如此庄严。他有着斑白的胡子和浓密的黑发,看起来像一位传教士,一位在自己领悟之旅的途中在楼梯上坐了一会儿的圣言会信徒。而且他还看《蝇王》,有些单词他用铅笔重点标记,而有些单词他就着咖啡喝了下去。

"佩德罗,你的母语是什么?"我问道。

他从书中抬起头来,咳了一声,仿佛刚醒来。能看见他在脑袋里将我的问题翻译成他自己的语言,从他短暂的心不在焉就能看出来。他需要时间来进入自我深处,四处张望,为自己内心的这个节奏命名,用一句话来概括它,翻译单词,最后再说出来。

"卡斯蒂利亚语。"

我突然间不敢再问。

"那这个卡斯蒂利亚在哪里?"安娜问道,她是意大利人。

"卡斯蒂利亚——巴士底狱①。"维斯娜,漂亮的南斯拉夫女孩,高深地说了这么一句。

---

① 两者在地理位置上没有关系,只不过 Kastylia(卡斯蒂利亚)和 Bastylia(巴士底狱)词形相近。

佩德罗用铅笔画了一个轮廓，艰难地一个词一个词往外蹦，一直追溯到远古时期，那时人们因为某些原因远征我们今天称为欧洲和亚洲的大片土地。出征的路途中他们混合在一起定居，然后继续踏上征途，带着各自的语言，就像带着旗帜。他们组建了一个大家庭，虽然彼此并不认识，而其中只有词语成了唯一延续下来的东西。

当佩德罗画表格证明相似性，并从词语中像给樱桃去果核似的寻找词根的时候，我们在抽烟。那些能听明白这个讲座的人渐渐明白了：坐在楼梯上，喝着咖啡，吃着吐司的所有人，曾经都说着同一种语言——当然也可能不是所有人。我没有勇气询问我自己的语言，还有来自尼日利亚的梅拉也在装糊涂。而当佩德罗在我们上方铺陈开远古历史错综复杂的乌云时，我们所有人都想挤到它下面。

"就好像一个通天塔。"安吉洛总结道。

"可以这么理解。"卡斯蒂利亚人佩德罗悲伤地点点头。

这边,玛尔嘉莱特来了。她像平时那样匆忙赶来。她总是时间不够,总是赶不过来。玛尔嘉莱特是我的同胞,我们说着同样的语言,所以她那明亮的、因为用力而通红的脸让我欣喜地觉得亲切。我给她倒茶,给她的吐司抹黄油。

"早。"她发出类似"沙沙"的响声,而这也成了谈话崩裂为各种可能的语言的标志。

这之后,所有穿粉白制服的姑娘都自顾自地嗡鸣;词语就像乐高积木一样,顺着楼梯向着厨房、洗衣房、内衣储物间蹦个没完。能听出来,首都饭店的地基如何因为它们而震颤。

可惜休息时间就要结束,得回自己的楼层,毕竟那里还有等待着的——

剩下的房间

我们分开的时候还在喋喋不休,但长长的走廊立马让我们沉默下来。之后我们就一直沉默着。沉默——世界上所有酒店里的客房服务员的优秀品质。

226号房间看起来正好有人住着。行李还没有打开,报纸没被动过。这个男人(因为卫生间里放着男士护肤品)肯定是个阿拉伯人(行李箱上是阿拉伯语的标志,书是阿拉伯语的书)。但我马上就想到:下一位酒店的客人来自哪里,在这里做什么,与我又有什么关系?与我接触的是他的东西。人仅仅是这所有的物品出现在这里的理由,只是将物品在时间和空间中移位的身影。说实话,我们所有人都只是物品的过客,小到衣服,大到首都饭店。不管是那个阿拉伯人、那两个日本人,还是我,甚至还有朗小姐。从佩德罗说过的那个年代开始,直到现在什么都没有变。那时酒店和行李不长这样,但旅行本身一直都没变。

房间里要收拾的并不多。客人肯定半夜才来,甚至都没能躺下来睡会儿觉。现在肯定出去谈生意了,等到他回来才会打开行李,或者接着走遍世界,让自己的物品的旅行牵着鼻子走。在卫生间里我满意地发现他没洗漱，而且就连厕纸他都用餐巾纸来代替。

他当时肯定在焦虑，要么就是没注意，但结果都一样。当半夜出租车载着他从机场赶到这里的时候，他肯定觉得不自在。这种情况下总会冷不丁地想做爱。没有比性更好的适应世界的方式。他肯定溜出去寻找女人的身体，或者男人的身体。那些羸弱的小船，惬意地划过每一份不安，每一份恐惧。

227号房间和226号房间一样。一样的单人间，只不过这间房里客人已经住了一段时间了。如果不是同样的烟味、酒味和混乱散发出的味道，我也不会记得。这简直就是战场，让我感到害怕。随处可见剩着一口酒的玻璃杯，烟灰，洒出来的果汁，装满伏特加、奎宁水和干邑白兰地空瓶的垃圾桶。一股圈子封闭又绝望的味道。我开窗，打开空调，但这更加重了局面没有出路的氛围，因为我展示了新鲜与健康的东西同发霉与病态的东西之间的反差。这名男子

（衣柜门上挂了一排几十条领带）同其他客人不太一样，并不仅仅是因为他喝酒、将东西乱堆乱放，更是因为他心不在焉。他不关心通过自己的东西进行自我展示和表达的界限。他不在乎表面。他将自己内在所有的混乱倾泻，交给某个像我这样的人。在这里，我觉得自己像是护士，甚至还挺喜欢这样。我为因夜晚无法安眠而受伤的床包扎，我将桌面上果汁造成的伤口擦干净，我从房间的身体里将酒瓶像拔刺一样拔出来，甚至连除尘都是在清洗伤口。我在沙发上整齐地摆放好新奇的昂贵的玩具，肯定是昨天买的——痛苦的罪恶感的毛茸茸的病症。这名男子肯定在镜子前站了许久，整理自己的领带，甚至可能不停地换西服，但是每一次换衣服本身都让他厌恶。然后他去了卫生间——洗手池里躺着一瓶没喝完的酒。他笨拙又无助，把香槟洒到了枕头上，然后试着用白色的手巾去擦。我不跟他计较这些。我将他犯的这些小错误统统擦掉。我规整他的化妆品。我知道他害怕老去，这里有除皱霜、粉底、顶级品牌的芳香水,还有腮红和眼线笔。每天早晨,对自己陌生的脸感到恐慌的男人必须站在镜子前,用颤抖的手恢复它原来的模样。他站不稳,看不清,一边用手抹镜子一边靠近。他不小心洒了香槟,咒骂着,想把它都倒干净,然后用英语、法语,抑或是德语说:"见鬼去吧。"他已经在想爱怎样怎样,但当看到镜子里的自己时,他投降了,回去把妆化完。粉底液遮住他嘴边失望的皱纹和下眼圈深色的阴影,遮住他整夜不睡的痕迹和下巴上的深色斑痕,那是他吃药的证据。眼线笔画的眼线掩护着红血丝。最后他终于出门,而当他回来的时候,就会发现卫生间里已经不见自己失败的痕迹。我在这里就是为了原谅他。某一时刻我甚至想过给他留一张纸条,上面只写:"我原谅你!"而他会接受这句话,以为这是**天意**,然后会回到那个孩子等待着毛绒玩具的地方,那个领带在衣柜里都有自己位置的地方,那个即使喝完酒、脸肿着、手里拿着酒瓶也可以去阳台,朝着世界大声喊"你给我见鬼去吧!"的地方。

但现实就是天意，如果事情既已如此，那它肯定有着自己的深层意义。我将收拾好的房间留下来迎接它永远的临时房客。

在走廊里我与拿着几袋子脏内衣的安吉洛擦肩而过。我们互相微笑。我打开223号房间的门，一眼望去我就觉得，这个房间里住着——

几个年轻的美国人

我们谁都不喜欢打扫美国年轻人住过的房间。这并不是什么偏见。我们对美国没什么意见，我们甚至欣赏它，而且想念它，尽管我们之中有许多人都没有亲眼见过美国。但是在首都饭店歇脚的年轻人会制造无脑又愚蠢的混乱，没有任何意义、没有真正含义的混乱。这是不道德的混乱，因为打扫它并不能带来任何满足感。应该说它没办法被打扫：即使将一切依次整理完，把泥巴的斑点痕迹洗净，将床单被罩和枕头上面的褶皱抚平,使盘旋的气味散尽,这些混乱也只会消失一会儿,应该说是躲在某个地方下面,等待主人的回归。钥匙插进孔里的声音就能惊醒它,然后它就窜向房间各个角落。

只有小孩子才能制造出这样的混乱:床单上是剥到一半的橘子,漱口杯里装满了果汁,地毯上是被踩扁的牙膏。碎纸片像收藏品一样摆放着,一堆从最高档商店买的衣服上的商标。塞到衣柜里的枕头,断成两截的酒店铅笔,沙发上到处都是从行李箱里拽出来的东西。还有写了地址却没写祝福语的明信片,打开的电视,卷起来的纱帘,晾在空调上的袜子和内裤,满地的烟,塞满了烟灰缸的西瓜子。

美国人住的房间是被嘲笑、被扯下严肃外衣、同房客做了表面兄弟却仍旧被轻视的房间。美丽的粉红色米黄色相间的223号房间就是这样被玷污的。它看起来就像一个装扮成小丑的严肃老绅士。

我走进这里时感到浑身都在痛。我僵直着站立片刻,估算这片废墟的大小。房间看起来就像小型的战场。那些昂贵的丝绸裙子被随意扔在沙发扶手上。高档香水的气味，无忧无虑的气味，财富的气味，身材魁梧的气味，98号地铁的气味，不关心作为事物有机组成部分——秩序的气味。精神的活跃，对当下的不在意，不理解它就是神圣未来的摇篮——这让我心生恐惧。这是战争的一方。另一方是稳固的、具体的、当下的、不变的223号房间。而我支持房间这一方。

我开始慢慢地、系统地整理房间，但我不碰私人物品。可能它们已经习惯了不待在自己的位置上。

这里时间跳跃着流逝，我变得越来越不安。电视嗡嗡响，CNN频道带着嗡嗡响的世界的讯息扑向我，而世界也向CNN频道保证，只要有CNN在的地方都有一堆美国年轻人。我的不安在增长，打扫房间的动作变成了大幅度、累人的动作，我开始赶时间，我开始看表，我开始从"现在"的时刻中跳出，然后一只脚踏进"之后"的时刻。我自言自语地骂脏话:"该死!"①我唱:"洋基·嘟得儿进城去……"②我把湿抹布放在小木桌子的桌面上。这可怕的漫不经心,木头因为潮湿而褪色。我开始被影响了。我必须躲进洗手间,在那里就感受不到这嘈杂,而当我慢慢地将随处乱扔的手巾、浴花、香皂和香水瓶归置起来的时候,当我终于能关上卫生间的门、专注于细节的时候,房间完全静了下来。

卫生间是房间的里子,是生活的底面。沐浴后的浴缸里留下头发,从皮肤上蹭下来的脏东西粘在墙上。垃圾桶里都是用过的卫生棉条、纸巾和化妆棉。这是剃腿毛的剃毛刀,那是用来挤痘痘和化上遮住所有犹豫未决的妆的镜子;这是防汗脚的爽身粉,那是用来灌肠的工具和装着避孕套的化妆包。卫生间并不能掩饰这生活的另一面。我就大致打扫一下卫生间,因为我甚至可能害怕破坏证明住在这里的人生命有限的神圣证据。他们或许应该清楚。或许他

---

① 原文为英语。
② 美国儿歌《洋基·嘟得儿》。

们没有机会在电视上和日记里见到这些，毕竟他们把所有东西混在一起，把一种东西像做汉堡一样叠在另一种东西上，或许上学的时候没人教过他们这些，电影里也没有，阿姆斯特朗在月球上也没能找到。我们每一分每一秒都在瓦解，活着，也在死亡。他们是这样，我也是。

这让我同他们近了一些，那些富有的、精力旺盛的、如此迥异于我的美国人。毕竟他们拥有自己令人难以置信的国家、不同的旋律、每个早餐都会有的橙汁和全世界都在说的语言。这要是在两千年前，他们就是罗马人，而我则会住在乡下，帝国遥远的边境上，住在叫什么"高卢"的地方、叫什么"巴勒斯坦"的地区。但不管是他们还是我的身体，都是用同样的泥做的，也可能源于同一堆粉末。这身体会掉头发，会衰老，会长皱纹，还会在光滑的浴缸边上留下脏东西组成的小花环。当我放好干净的毛巾，挂好新浴袍的时候，我竟如此之深地感受到我们因虚无而建立起来的情谊，以至于浑身都动弹不得。这同我，比如，在一个来参加重要学术会议的既富有又自信的女人床上找到穿着婴儿服的破旧小熊时的感觉一样，又或者在某个伟大的成功人士的公寓里发现床单被汗水浸透时的感觉一样。是恐惧本身在为他们铺床——那个瘦骨嶙峋的房间保洁员，感谢上帝能让她存在。要是没了她，他们就会像那些古老的神一样——强大、自信、自大且愚蠢。而现在，当他们度过了充满生意、金钱、游玩、购物、重要会面的一天，躺在床上无法入睡的时候，当他们看向墙纸上的繁复花纹时，他们疲劳的眼睛就会开始在这有节奏的花纹中注意到某个划痕，某个洞，某个无逻辑的地方。他们开始看见抓痕、掉色、擦不掉的灰、洗不掉的脏东西。在这些时刻，地毯就像生病的女人一样掉头发，而在纱窗的完美无缺中有个烟头烫出来的洞。枕头的丝绒在缝口处开裂，铁锈爬上门把手和门轴，家具边缘被磨平，窗帘上的穗缠在一起。然后羊毛毯失去它的弹性，因为衰老而松弛，散发出灰尘的臭味。我甚至知道那群人当时在干什么。他们从床上起来，甩甩头，然后喝一杯烈酒或者咽下一粒安眠药,闭眼躺着数羊,直到梦境解救他们受到威胁的思想。到了早上,他们觉得半夜那一瞬间并不真实,分不清那是现实还是让人疲倦的梦。这难道不是每个人隔上一段时间都会有的经历吗?

我倚着卫生间门站立。打扫完毕。我想抽根烟。

现在我有两个选择:228号房间和229号房间。我决定去229号房间,因为这几个数字神秘的总和是——

十三

这是过度和谎言的数字,而这个房间也是如此,因为229号房间有它自己的属性。它诱惑,许下承诺,带来惊喜。它自己看起来与其他房间十分相似:右边是卫生间,小过道和剩下的空间里有一张盖着棕色被褥的床,灰色调的墙纸,彩色大花的窗帘,壁炉和镜子。但它给人的感觉却比其他所有房间更加空旷。每次我走进这个房间,都会因为压力而僵硬。上个星期这里住了一对情侣,也可能是一对年轻夫妻。他们拆了床,到处乱扔手巾,把香槟洒得满地都是。他们走了以后,就只在床单上留下了黄色的印记、一大篮鲜花——爱的承诺的证据。我带着遗憾不得不将鲜花扔掉。要让这间房回到完全准备好的状态会更加困难,因为它有了自己的面容,怀着自己的心思接待住客。我怀疑那对情侣在房间里过了一夜之后,房间就将他们套入了自己的陷阱,用梦来使他们不安,让他们待久一些,激起欲望,打乱计划。两星期前它的房客忘了关卫生间的水龙头。水流到了过道,漫过蓬松的地毯,浸湿了镀金的墙纸。惊慌失措的客人们裹着床单站在一旁,酒店工作人员拿着抹布飞奔而来。

"什么事情都没有发生!什么事情都没有发生!"扎帕塔一边拧着抹布,一边这样重复道。但他的表情却说着另外一番话:"发生了特别糟糕的事——愚蠢又脑袋空空的人袭击了首都饭店。"

在229号房间里总会发生这样的状况。

这间房不一样，这是肯定的。我觉得客人们在前台就已知晓，因为大多数情况下他们都会让它空着。而人流则转向房间号更小的房间，在走廊最外边的尽头，就为了离电梯，离楼梯，离世界更近一些。

当房间空下来的时候，我只需要检查房间里是否一切正常，家具有没有落灰，空调能不能用。我做这些事的时候尤其认真。我抹平被褥的褶皱，检查护壁木板的边缘，除净气味，然后我在沙发上坐一会儿，聆听自己有些急促的呼吸声。房间用自己将我包围，将我拥入怀抱。这是最温柔却又触碰不到的爱抚，能这样抚摸我的只有封闭的空间。这种时刻我能强烈地感觉到我的身体存在着，填满了粉白相间的制服。我感觉到脖子上的领子和胸前闪光拉链的冰冷。我感觉到围裙的腰带如何紧紧围在腰间。我感觉到自己的皮肤，感觉到它如何生存，它有自己的气味，蒸发水分。我也能感觉到头发，感觉到它们如何轻擦耳朵。这时我喜欢站起来,看向镜子里的自己,没有一次不感觉到奇怪。这是我?是我吗?手指触碰自己的脸,拉紧脸颊上的皮肤,眨眼,将头发上的皮筋扎得更紧。总之我就这样做着梦——总是在镜子里,总是另一张脸。

我站着,做着白日梦,梦见自己在洁白无瑕的浴缸里泡澡,用那些又白又暖的浴巾擦身体,然后在棕色的被子上舒展身体,在房间里听着我们如何呼吸——我和房间,房间和我。

但是今天229号房间住着人,门把手上挂着"请即打扫"的牌子。我用自己的钥匙打开房间门,进去,拖着装清洁工具的盒子。然后我目瞪口呆地站在门口,因为房间不是空的。办公桌旁边坐着在笔记本电脑上打字的男人。我重新找回声音,道歉,然后以为他挂错了牌子,就想出去。但他却请我进来,道歉,并希望我不要在意他。

有时会发生这样的事情。我十分不喜欢这样。这样的话,我就必须在客人的眼皮子底下尽快打扫。现在客人变成了主人，而我变成了客人。永恒的秩序被打乱，我打扫的行为也已不再拥有无限的权力，不再拥有太大的意义。房间并不是为保洁员和客人一起准备的——我们互相干扰。我必须快速有序地为巨大的双人床铺床单，因此需要把床从墙边挪开。地方很小，坐在电脑旁边的男人就足以构成高效铺床的障碍。我已经知道自己不喜欢他。他是如此可怕的鲜活。

我首先取下旧床单和四个枕头的枕套。我放下新的床单，为了铺上它，我必须绕着挪出来的床转一圈。我觉得男人在观察我。我没勇气去看他，就为了不和他对视。要不然我就得微笑，如果他问了什么，我就得回答。我尽可能安静，不发出响声。现在我要铺第二层床单，在家具之间艰难穿行，将床单边角塞到床垫下面。当经过男人伸出来的双腿时，我全身紧绷，以免碰到他，于是我加快速度，异常着急。男人现在已经在明目张胆地看我，我感觉得到。他那双伸出来的腿就是挑衅，妨碍我，让我变得畏畏缩缩。因为着急和不安,我觉得越来越热。当我抬起沉重的床垫时小腿的肌肉紧绷到疼痛。我有点借不上力,枕头从我手中落下,掉到地上。我踩到它,失去了平衡,在一双兴味盎然的眼睛的注视下跌倒。

他问:"你是西班牙人吗?"

"哦,不,不是。"

"犹太人?"

我否认。

"那你是哪里人?"

我回答了,而他看起来却失望了。我摆放好枕头,开始铺被褥。他饶有趣味地看着我如何费劲地铺上厚重的床被。我又到了他附近,现在背对着他。当我放枕头的时候,我感觉到他的视线停留在我的小腿上。我躲到墙边,把腿藏在床后。我突然觉得自己黑色的平底鞋丢人,我不自觉地踮起脚尖。然后我马上就后悔自己穿着这一身不整洁不体面的制服,还围着围裙,腰上别着钥匙,而不是穿着在美国人那间房里看到的优雅裙子。我觉得自己不洁净，被汗水浸湿，还疲惫。我知道电脑旁坐着的男人正漫不经心地观察我。他的视线在领子、反光的拉链附近触碰着我，但我已经走到了床的另一边。我又要经过他去放小枕头，那就必须得背对着他那掠食者的目光，于是我就只把小枕头扔在了床上。当我蹲下来捡起脏床单——这个正在看着我的男人用过的床单时，我觉得自己的身体膨胀了起来，想摆脱身上的制服。我应该解释吗？用什么样的语调？什么语言？为什么？我低垂视线退向门边，拿起装着我的清洁剂和海绵的盒子，马上就要走到门口。

"非常感谢！"但说完之后我就意识到我完全没有必要道谢。他才应该绅士般地鞠躬，亲吻我的手背。我则会稍稍作揖或者行一个差不多的礼。

我看见他赦免似的点了点头。在他那勉强能辨认的微笑中，有让我彻底放松、去触碰门把手的东西。

他说："再见！"而我则根本不想再见到他。

我已经站在门外。

我又站着听了一会儿,整个人都被蒸熟了,两条腿疼痛不已,肌肉因为疲劳而颤抖。我太着急了,省了很多时间。现在要是能去楼下冷静一下就好了。

我将盒子放在墙边,然后去三层,那里有一个小通道,通往旋梯,侧边的螺旋楼梯,从那里开始就是——

酒店神秘的地方

专门为常客准备。我下了几级楼梯,经过一个,两个门,最终站在了在三层楼高度上的楼梯扶手前。我向下看,从这里看见了大厅。一如既往,空无一人。

只有朦胧与安详。这样往下看是最好的休息方式,一切变得越来越小,越来越远,越来越不那么清晰和活跃。

旋梯真的是酒店最神秘的地方。要想不在这里迷路,就必须非常机智。全是楼梯、通道、中间层和拐角。这是一种带侧翼建筑的塔,有三层,每层都有两个以"7"开头的房间。我知道那边总共有八个房间,但我想象不出,那两个剩下的房间会在哪个偏僻的角落。可能里面住着厌世者或者处境尴尬的妻子、危险的双胞胎兄弟、遮遮掩掩的情人。或许是黑手党为了非法交易而住在这里,也可能是国家首脑,为了在这个螺旋的封闭空间里做个普通人。

旋梯里的房间是另外一种样子,其实就是公寓,可能不那么精致,也有可能完全是另一种类型的精致。衣柜藏在墙里,有凉台、怪异的家具和装模作样的书。所有的书架上都摆着装模作样的书:莎士比亚、但丁、多恩、沃尔特·司各特。但拿一本在手里,你就会发现它其实只是用空的硬纸壳做成的封皮。虚无的书柜。

顺着旋梯下去前往工作人员用的卫生间的时候,要想不迷路就需要格外小心。我刚来的时候还会迷路。打开了相似的门,但它们并不通往它们本应连通的地方,我把装清洁工具的盒子放在了某个楼梯上,但之后就找不着了。我带着赞叹欣赏了挂在墙上的那些对死去的自然的再创造，之后就觉得自己做梦梦见过它们。这里发生着有关空间的奇怪事情。空间不喜欢螺旋的楼梯、烟囱和深井。它会有瓦解成迷宫的倾向。最好像我一样抓紧深井的扶手，别往下看，也别往上看，只看前面。

突然，我听到了什么声音，下面某个地方有事发生，响声十分可疑地具有节奏性——吭，吭，然后是嘎吱的刺耳响声。我踮起脚尖下了一层楼，浑身绷得像一只猫。闷哼，嘎吱，闷哼，嘎吱。这是什么？我靠近房门，它看起来同其他所有房间的门一模一样。只不过在地上的门缝中我看到了金属晾衣夹，还听到了那些奇怪的响声，中间夹杂着喘息的声音。我小心翼翼地将耳朵贴到门上，现在喘息声越来越快，越来越急促，而嘎吱的声音也越来越刺耳。我惊恐地跳开，觉得自己热了起来，腰间的钥匙丁零作响。

那边，所有声音都停了。我悄悄跑上楼梯，跑到上一层的楼梯扶手处。这时响起了夹子被取下来的啪啪声，房间门打开一条缝，只穿着内裤的男人伸出头来看向走廊。他手里拿着一个满是弹簧的装置，是个类似于拉伸器的东西。我立刻退后贴墙站着，却很难平复自己荡漾的幻想。

我顺着昏暗的旋转楼梯下到地下室，那里是我们的卫生间。这里因为粗鲁的氖灯而明亮。我跌进卫生间，然后关上身后的门。我浸入冰冷的水，洗脸洗手，但都无法给自己降温。我坐在马桶上，没有任何声音传到这边。一尘不染，寂静，安全。我细致又专心地检查公共厕所清洁粉、抽纸、大厕纸卷和朗小姐手写的声明——"工作人员教化简史"。

开头朗小姐这样写道：你觉得首都饭店为什么要购入一次性的袋子？然后是签名：朗小姐。但很可能没有任何一个女孩能够回答这个问题，因为这下面就是下一张卡片：你能不能用纸袋去处理那些用过的止血工具？但是这一请求并没有任何结果，因为下面朗小姐用红色的墨水写道：

别把卫生巾和卫生棉条扔进马桶!

我又坐了一会儿,仔细看了一遍所有字母的形状。然后我冲水,整理头发,动身前往我的楼层,因为还剩一个房间没打扫——

最后一个房间

已经过了两点,人流多了起来。正式的客梯上升又下降,合上的,打开的电梯门砰砰作响。客人们进城,胃需要午餐。管理脏内衣的安吉洛在我的储物间里逗留,把床单装进自己的袋子里。

"你还剩几间?"他问。

"一间。"我说,然后我又一次觉得,安吉洛的天地不应该是这家精致的酒店,而应该是"天外天"①。在那里他就

---

① 这个地方的名字同《圣经·旧约》中《诗歌·智慧书》第五卷的题目《雅歌》,也就是"歌中歌"这一名称,有异曲同工之妙。

能在山间到处走,跑跑跳跳,像那年轻的小鹿。毕竟安吉洛英俊,块头又大,就像他的国家黎巴嫩的山一样。

他点头,然后指给我看,228号房间出来一对老夫妇。在通往电梯的路上我就见过他们一次。老头个子高,头发银白,有点驼背,但是比老伴状态要好。可能他要年轻一些,也可能他和时间签了什么契约。而她——瘦小,干瘪,颤颤巍巍,勉勉强强能走路。

"他们是瑞典人。她来,就想在这里死去。"安吉洛说,他什么都知道。

安吉洛可能在开玩笑,然而当我望向他们的背影时,我发现更多是老头在支撑着老伴,他几乎是在拎着她。他要是退到一边,她就会摔倒在地,像一条空裙子。他们总是一身奶白和像粉彩一般的棕色——首都饭店的颜色。两人头发都完全白了,是那种忘却所有罪恶的白。等他们消失在电梯里之后,我进入他们的房间。我喜欢打扫这个房间,没什么可打扫的:东西都放在原位,就像下面生了根。空气里没有噩梦、喘息和激情的味道。微微凹陷的枕头昭示安稳的梦。卫生间里手巾整齐地挂着，牙刷整齐地放着，洗刷干净的牙杯双双映在镜子里，还有最基础的化妆品——普通的面霜，漱口水，低调的香水和芳香水。当我铺床的时候，突然意识到某种具体气味的缺失。他们闻起来像孩子一样。孩子的皮肤不会自己散发气味，它只会吸收和停固外界的气味：空气的、风的、手肘压过的青草的味道，还有阳光绝佳的咸咸的味道。这个床单的味道就是这样。当人们不带任何罪恶，没有任何长远计划，不带反抗和绝望地沉睡；当皮肤越来越暗沉，越来越惨白如纸；当生命从身体里慢慢流逝，就像从奇怪的橡皮玩具里流逝一样；当一锤定音，觉得过去已然尘埃落定；当夜晚梦见上帝时，身体就不会在世界上留下自己的气味。皮肤留住外界的气味，最后一次品尝它的味道。

床边的小桌子上紧挨着放着两本东西。我仔细听着走廊里是否有人游荡，然后就做我不该做的事情。我打开第一本册子，这是一本厚厚的笔记本，可能是日记本，因为每页上都有日期，而下面是用我完全不懂的语言写下的颤抖的圆形笔迹。笔记本基本写完了，只剩下几张空白页。第二本是瑞典语的《圣经》。我什么都看不懂，但书里的一切我都觉得熟悉。书里的红绳正好夹在《传道书》的开头。我眼神飞快掠过《诗歌》，然后产生了一种自己开始理解一切的感觉。刚开始是单个词觉得熟悉，然后所有短语从记忆里流出，同印刷的字体混杂在一起。"现今的事早先就有了，将来的事早已也有了，并且神使已过的事重新再来。"这是《传道书》中最神秘的文字。

当打扫工作完成时，我又在新铺好的床上坐了一下。存在的过程中能像这样将自己悬置一会儿也挺好。然后我看着自己被浴缸清洗液酸化的双手，看着自己在黑色平底鞋里明显肿胀的双脚。但我的身体还活着，满满当当地撑着皮肤。我闻了闻制服的袖子——疲劳、汗水和生命的味道。

我有意将这气味留了一些在 228 号房间。

我关上门,走去储物间。收起吸尘器、装清洁工具的盒子,然后我脱下粉白相间的制服,无属性地赤裸着站了一会儿。为了能向另一边转变,我必须戴上耳环,穿上花裙子,放下头发,然后化妆。

我走入洒满阳光的街道,同门口那个打扮成苏格兰人的男人擦肩而过。格子裙盖在班杜拉琴上,而他穿着时尚的破洞牛仔裤,正在扣扣子。

"我已经知道你是假扮的了。"我说。

他神秘地笑了笑,对我眨了一下眼睛。

(赵祯译)

神降

D

D曾经是一位真正的计算机天才,尽管只靠补助度日。有时他也会接些活儿,但那也仅仅是为了不踏出自己的屋子,不离开又小又拥挤的房间和神坛键盘前的这块地方,而他的整个人生在这里上演,世界的生命也在这里延续。

他的眼睛总是最先罢工,最先开始刺痛、流泪,于是他总是不情不愿地站起来,走到窗边。窗外人流涌动的小路在用深坑打哈欠,被炙烤的尘土混杂着汽车尾气飘浮在路面上。在这一空间里,D如同舒展自己的翅膀一样放松着疲惫的视线。他只看见对面老砖房的墙和长方形的窗户,窗户后面偶尔会有影子在移动。楼底下开过几辆褪色的轿车。这就是D望向窗外时所能看到的大致景象,但对于D来说,这样的景象有着与梦境一样的属性——模糊、间断、没有逻辑。他的视线不会停留于细节,他从不纠结屋檐的形状,也不端详窗玻璃那边的人脸。他只是望着。

"这是幻觉,是假象。"他的妻子,长发佛教信徒,同他分食沙拉时这样说道。她的声音里总有一种孩提时期打油诗的腔调,尤其当她说起自己最喜欢一句话时:

"我是我,你是你……"

而这句话从来都没有结束过。

D一坐回自己电脑的屏幕前,就又开始什么都看得见了。这时,在他面前是一片秩序、永远没有尽头的和谐、通往目标的笔直的路、选择的明确,以及巨大的思想潜力。而后他立刻感受到了安宁,意识到自己存在的自由时所产生的安宁感,在一定的界限内。然而当一个人创造了良多世界,还用得着说什么界限吗?

因为D真的创造了许多世界。他从建城开始,先建那些小城,城里的广场上摆满了摊位,然后是那些大都市。程序在那些界限已经悄然溜出记忆的大城市里运行得更为顺利。他特别喜欢沿着大海建城,建造面向世界的海港窗口,满是造船厂、船坞和起重机。他总是从地区供电系统开始建,先拉上高压电线,再建成安全的电厂。之后他创设几个工厂,总想着那些过不多久就要搬进来的人。人必须有工作。他的居民小区地理位置都不错,也都很环保。他坚定地建造独门独户的建筑,没有一栋筒子楼。他记得污水治理厂、垃圾回收站,还有其他一切窗外模糊的幻觉里没有但却是必需品的东西。

电脑里的时间他用月和年来计算,在他的城市里,居民繁衍、老去。为了让他们开心,他建了运动场和游乐园。他的城市发展,扩大。D已经习惯了城郊在某一时刻开始崩溃,破坏和谐,他必须特别关注这些城郊。那是一种内部进程,与城市的存在是分不开的。城市在衰老。而电脑里的人天生就有一种直觉,这直觉会让他们离开迈向死亡的城市。那他们去哪儿了?某个能够悬停等待的地方,等待 D 的手指给他们新生。

总是那一条定律:无秩序的、没被修复的城市——只剩它自己和人造世界的时间——慢慢崩溃,步入毁灭,正符合无处不在、永不消亡的混沌。D 花在某个结构上的时间和精力越长,这个结构就越容易瓦解。污水治理管道堵住了,乐园变成了汇集最大恶意的地方,运动场变成了监狱,而沙滩变成了被鸟类的脓水毒死的人的坟地。

然后 D,疲惫又失望,向自己的城市投放了风暴、大火、洪水、鼠潮和蝗灾。

当 D 创造,而后——出于悲伤的必要——毁掉自己的城市时,他的妻子则在隔壁的房间进行没完没了的冥想,只会时不时被准备轻食和整理东西这两项缓慢的活动打断。

她的一举一动都是在家务艺术中实践禅宗。有时她会站在丈夫身后，观察建城（和毁城）的过程，而 D 也会谛听她如何练习用腹部呼吸。晚上她出门工作两个小时，打扫奢侈品店。店里都是值得购买的东西，她却连看都不看一眼。她在系统又细致地擦地的同时，还将禅宗运用到打扫店铺的艺术中。

"你爱我吗？"晚上当她在床上等他的时候，他听到她吟唱般的声音。

他按下退出键，屏幕上出现了两个窗口："确认"和"取消"。他按下"确认"，然后电脑嗡嗡作响，让世界陷入沉睡。

"极乐并不是享受……"当 D 在妻子身上找寻回车键[①]的时候，她开始呓语。

就在 D 最终还是厌倦了这些城市的时候，他得到了很

---

① ENTER 键，"enter"也有"进入"的意思。

早以前就想得到的程序。他称之为"半边生活"①,然后对进化过程进行了建模。

D得到了一个表面覆盖着原始海洋的年轻星球。在原始海洋里,氨基酸像垃圾一样漂浮着。一切就从它们开始。在这一游戏中没有特例。有的只是D。

现在他没日没夜地将氨基酸合成为蛋白,将它往右翻,又往左翻,增加又降低温度和气压。他向水面放雷,然后被好奇心折磨得不行,他将时间快进。晚上,当他的长发妻子出去上班之后,他得到了第一个单细胞生物。半夜,在陆地上出现了第一批原始两栖动物。到了早上,爬行动物已经占领"地球"。他知道接下来会发生什么,所以他毁掉了这颗星球。

"你想离开半边生活吗?是/否?"电脑这样问到。

D按下了"是",然后走到窗边,窗外浸入虚幻的街道影

---

① 原文为英语。

影绰绰。他第一次发现,崩溃已经将窗外虚幻的城市掏空,就像吞噬他的城市那样迅速。干瘦的灰鸽子围坐在掉漆的房檐上。已经有一个月没下雨了。尾气凝成的黄云扒在天上,仿佛某个刚刚死去的人的灵魂。

"你爱我吗?"电脑在他的梦中这样问。

D发现键盘上出现了新的按钮——"我不知道"。他按下按钮,自己就醒了。每天晚上躺在他身边的女人有着美丽又平和的脸蛋。她的双眼注视着"虚无"完美的脸庞。

在那天晚上D创造了人类,但这是一个脆弱又毫不起眼的人。他有四肢、鸟一样的脸和没有瞳孔的眼睛。D观察着他在电脑快进的时间里混乱的人生,被寻找食物和漫无边际的恐惧所占据的人生。所以D遗憾地承认,得把这个人毁灭,然后再重新开始。于是他释放了洪水和火雨,因为除了这两个他没想到别的。但那个脆弱的生物侥幸活了下来,而D觉得累了,他被罪恶感和悔意压得透不过气。惨白的晨光从窗户流进屋子里,他给自己冲了一杯咖啡,品尝着它的苦涩。

他不再以任何方式干涉那个被自己创造出来的毫不起眼的生物的生活,然后他发现按部就班地运行着的程序被一股崩溃浪潮入侵了。人类为争夺自己幻想出来的财富、无趣的理念、妻子、建筑和墓地而开战。只是一根烟的时间,电脑里的世界里就已经爆发并休停了好几次战争。一个个完整的族群迁过大片被毁的土地,失去国家的人们在这片土地上颠沛流离。D坐在电脑前的椅子上睡着了,而当他醒来的时候,半边生活程序里已经不再有任何活着的生物。唯有被电脑嗡嗡的响声强化的空虚的时间在流逝。

"你还想再来一次吗?是/否?"变成蓝色的屏幕问道。

"否。"

接下来的一周里,D编写了新的程序,能有机会修复这一切的新游戏。他必须在一开始就消除崩溃的趋势。在这个游戏里可以从头创造世界,再一次,没有失误。他称它为

"半边宇宙"①。

周日,他第一次玩起了这个游戏。

"你看,"他跟坐在自己的椅子扶手上、手指摆成瑜伽手印的女人说,"这就是'无',它包含了一切维度的无穷无尽的数值。"

然后他们等了一天一夜,但是"无"并不想进化,因为它已经是完美的了。D走到窗边,居高临下地看着因为废气和口渴而沮丧的鸽子。

"什么都别做,"他的妻子从半阖的眼帘下望着他说道,"这样就好,就让它这样存在下去吧。"

"你确定不想把光明同黑暗分离?

"是/否?"电脑问。

"是,也否。"D回答。

霎时间他们看见了大爆炸。他们见证了从最初的混沌

---

① 原文为英语。

中分离出四大力量的过程。他们看见了时间是如何形成的,它在成形之初看起来就好像一滴毒药。他们同情被爆炸撕裂开的空间,从它的愤怒里诞生出物质,而后者立刻蜷缩成一个怒射火焰的火球。

于是 D 发现,没有任何东西是好的,所以他站起来,看向窗外,窗外因渴望而干涸的世界正等待着雨水的降临。

(赵祯译)

附 录

诺贝尔文学奖授奖辞

尊敬的国王和王后陛下,尊敬的各位殿下,尊敬的诺贝尔奖得主们,女士们,先生们:

波兰文学在欧洲上空熠熠生辉——数次荣膺诺贝尔奖,如今,又出现了一位享誉全球、博识非凡、诗情与幽默并蓄的诗人。作为欧洲大陆的交会地——或许是心脏地带——波兰向奥尔加·托卡尔丘克展现了屡遭列强凌辱的受难历史,同时也暴露了自身的殖民主义和排犹主义历史。

面对难以接受的真相,她没有退却,哪怕受到死亡的威胁。

她运用观照现实的新方法,糅合精深的写实与瞬间的虚幻,观察入微又纵情于神话,成为我们这个时代最具独创性的散文作家之一。她是位速写大师,捕捉那些在逃避日常生活的人。她写他人所不能写:世间那痛彻人心的陌生感。《云游》笔法变化多端,精彩地描写了人们来往中转大厅和宾馆的经历、与素昧平生者的相逢,还有大量来自字典、神话和文献的元素。她围绕着自然-文化、理性-疯狂、男人-女人的两极旋转,像短跑运动员一样跃过社会和文化虚构起来的边界。

她的文风——激荡且富有思想——流溢于其大约十五部的作品中。她笔下的村落是宇宙的中心,在那里,主人公独特的命运交织于寓言和神话的图景中。我们在他人的故事中生生死死,举例说,卡廷既是生养不息的森林,也是惨绝人寰的屠场。

"我写作是将意象诠释成文字。"从这些意象里衍生出毁灭性的历史和世俗的经历片段，构成了她的伟大作品《雅各布之书》，使其成为一部流浪汉小说以及展现1752年前后动荡时期的全景式作品。

这部作品是不同观念的历史，也是宗教的历史，是时间和玄学、迷信和疯狂的强烈结合。作品中沙龙、祷告会和人物如此生动鲜活，仿佛托卡尔丘克刚在街上与之相遇。她极尽笔墨描写乡间庄园、修道院和犹太人家的室内装饰，衣服、园艺、菜单应有尽有。特别是，她让默默无闻的女人成为活生生的个体，让悄然无踪的仆人发出自己的声音。

宗派领袖雅各布·弗兰克是位极富魅力的神秘主义者、操纵者、骗子，也是反抗上帝的叛乱者。他挑战当前的秩序，尤其质疑女性的屈服。他率领跟随者——弗兰克派众——想要打造一个新世界。这也正是纳粹要消灭波兰的根本原因。乌托邦是取代我们历史记忆的危险诱惑。然而，我们从未见过弥赛亚，见到的只有伪造者和骗子。

这部作品中蕴含着托卡尔丘克对犹太传统的继承，透露出她对欧洲知识无国界的期望。通过十八世纪的波兰,她看到了可与后来时代的纳粹主义和其他主义类比的现象,甚至看到和当前右翼民粹主义者一样的人,用她的话来说,这些人就像儿童读物讲英雄和叛徒的故事那样说起一个国家的过去。但是,她说:"没有历史,只有人的生存。"

《雅各布之书》讲述了非凡的故事。关于邪恶、上帝和未来的重大问题交织在看似平淡的描写中,托卡尔丘克运用她感性的想象力,反复打磨咖啡研磨器,使它成为时间的磨床、现实的自转轴。后来人会重识奥尔加·托卡尔丘克的千页奇迹,去发现其中我们当今尚未能全然探知的丰富宝藏。我看见阿尔弗雷德·诺贝尔在天堂友好地点头称许。

托卡尔丘克女士,瑞典学院向您表示祝贺。请从国王陛下手中接过您的诺贝尔文学奖。

(吕洪灵译)

温柔的讲述者

——在瑞典学院的诺贝尔文学奖受奖演讲

一

我有意识以来记住的第一张照片是我母亲的照片,那时的我还没有出生。那是张黑白照,上面的好多细节都模糊了,只剩下些灰色的形状。照片上的光很柔和,有些雨雾蒙蒙的感觉,可能是透过窗户的春日光线,在勉强可见的光亮中营造出一室宁静。妈妈坐在一台老旧的收音机旁,收音机上有个绿色的圆形开关和两个旋钮——一个用来调节音量,另一个用来搜索频道。这台收音机后来成了我的童年玩伴,我就是从那里获得了关于宇宙存在的最初认知。转动硬橡胶旋钮,就可以轻轻地拨动天线指针,找到好多个电台——华沙、伦敦、卢森堡或者巴黎。不过有时候声音会消失,就好像布拉格和纽约之间、莫斯科和马德里之间的天线掉进了黑洞。这时我就会颤抖。那时的我认为,是太阳系和其他星系在通过电台跟我说话,它们在那些吱吱啦啦的杂音中给我发来讯息,可我却不会解码。

那时,我还是个几岁的小姑娘,看着这张照片,我觉得妈妈拨动旋钮的时候就是在找我。她就像个敏感的雷达,在无穷无尽的宇宙空间里搜索,想要知道,我什么时候、从哪儿来到她的身边。从她的发型和穿着(大大的船形领)可以看出,照片是二十世纪六十年代初拍的。她微微驼着背,望向镜头之外,仿佛看到了一些看照片的人看不到的东西。那时,作为孩子的我觉得,她已超越了时间。照片上什么也没发生,拍摄的是状态而非过程。照片上的女人有点忧伤,若有所思,又有点不知所措。

后来我问起过妈妈这份忧伤——我问过好多次,就为了听到同样的答案——妈妈说,她的忧伤在于,我还没有出生,她就已经想念我了。"可是我都还没来到这个世界,你又怎么想念我呢?"我问妈妈。

"那时候我就知道,你会想念你失去的人,也就是说,思念是由于失去。

"但这也可能反过来。"妈妈说,"如果你想念某人,说明他已经来了。"

这些发生在二十世纪六十年代末波兰西部乡村的简短对话,我的妈妈和她的小女儿的对话,永远地印刻在了我的记忆中,给予我一生的力量。它使我的存在超越了凡俗的物质世界,超越了偶然,超越了因果联系,超越了概率定律。它让我的存在超越时间的限制,流连于甜蜜的永恒之中。通过孩童的感官我明白,这世上存在着比我想象的更多的"我"。甚至于,如果我说"我不存在",这句话里的第一个词也是"我在"——这世界上最重要,也是最奇怪的词语。

就这样,一个不信教的年轻女人,我的妈妈,给了我曾经被称为"灵魂"的东西——这世上最伟大的、温柔的讲述者。

二

世界是一张大布,我们每天将讯息、谈话、电影、书籍、奇闻、逸事放在一架架织布机上,编织到这张布里。现如今,这些织布机的工作范围十分广阔——互联网的普及让我们每个人都可以参与到这个过程中去,无论工作态度是否认真,对这份工作是爱还是恨,为善还是恶,为生还是死。当这个故事发生了改变,这个世界也随之改变。就此意义而言,世界是由言语组成的。

我们如何思考世界,以及也许更为重要的,我们如何讲述世界——有着巨大的意义。如果没有人讲述发生的事,那么这件事情就会消失、消亡。关于这一点,不仅历史学家清楚,而且(或许首先)所有的政治家和独裁者都清楚。有故事的人、写故事的人,统治着这个世界。

我们认为,今天的问题在于,我们不仅不会讲述未来,甚至不会讲述当今世界飞速变化着的每一个"现在"。我们语言匮乏,缺乏观点、比喻、神话和新的童话。我们见证着那些不合时宜的、老旧的叙述方式在如何试图进入未来世界,也许人们会认为,老的总比没有来得强,或者用这种方式应对自己视野的局限。一言以蔽之,我们缺乏讲述世界的崭新方式。

我们生活在一个多主角的第一人称叙述的现实之中,身边充斥着四面八方的杂音。我说的"第一人称",指的是一种叙事方式,创作者或多或少地只写自己,将故事置于一个以"我"为中心的狭小范围之中。我们把这种个人化的视角、这个"我"当作是最自然、最人性化、最真实的表达，哪怕这种表达放弃了更为宽广的视域。以这样的第一人称来讲故事，就好像在编织一种与众不同的花纹，独具一格。在这个时候我们觉得自己是独立自主的，对自己和自己的命运都无比清醒。但这也是在把"我"同"世界"对立起来，这种对立使得"我"被周遭世界边缘化。

我想，第一人称叙事是一种颇具特色的叙事方法，反映了个体成为世界的主观中心这一现代观念。很大程度上，西方文明建立于对"我"这个现实最重要的维度之一的发现。人在这里是主角，而人的观点被认为是最重要的。用第一人称写作故事是人类文明的最重要发现之一，充满仪式感，令人信服。我们以"我"的眼光看世界，以"我"之名听世界，这样的叙事在读者和讲述者之间建立起联系，把讲述者放置在了一个独特的位置之上。

但是我们也不能过度评价第一人称叙事为文学和人类

文明做出的贡献。以前的叙事将世界描述为一个英雄和神灵活动的场所,对此我们毫无影响力。而第一人称叙事讲述普通如我们的人的故事。此外,我们这样的人之间很容易相互认同,因此在故事的讲述者与读者或听众之间,便产生了基于共情的情感共识。第一人称叙事很容易拉近作为讲述者的"我"和读者的"我"之间的距离,而小说更寄希望于消除这种距离,让读者因为共情在某一段时间里成为讲述者。文学成了交换经验的园地,一个像罗马广场一样的地方,每个人都可以表达观点,或是让第二个"我"替我发声。人类历史上恐怕从未有过这么多人同时写作和讲述。这一点我们只要看看统计数据就够了。

每次去参观书展,我都能看到很多以第一人称写作的书。表达的本能——也许和其他构建着我们生活的本能一样强大——最完整地出现在了艺术之中。我们希望被关注,希望自己是独一无二的。"我告诉你我的故事""我告诉你我家的故事",抑或"我告诉你,我去过哪儿",这样的讲述方式在今天是最流行的文学形式。人们之所以热衷于这种叙述方式,还在于今天我们每个人都会书写,很多人掌握了"写作"这个曾经只是少数人用语言和故事表达自己的技能。矛盾之处在于,这看起来如同一个由众多演唱者组成的合唱团,彼此的歌声相互遮盖,大家争着求关注,做同样的动作,走类似的路,最后相互遮蔽。尽管我们知道他们的一切,对他们的经历感同身受。然而读者的体验却常常出人意料地不完整和令人失望,因为作者"我"的表达并不能保证尽显文字的普遍性。我们缺少的似乎是故事的隐喻维度。隐喻小说的主人公是他自己,一个生活在一定的历史或地理条件下的人,同时又远远超出了这个特定的范围,变成了无处不在的人。当读者阅读小说中描写的某个人的故事时,他可以认同这个人的命运,并将他的处境视为自己的处境。在隐喻小说中,读者必须完全放弃自己的个性,并成为这个人。这是一个对人的心理要求很高的过程。在这个过程中,隐喻小说找到了各种命运的共同点,使我们的体验普遍化。遗憾的是，当今的文学缺乏这种隐喻性，这恰恰证明了我们的无能为力。

许是为了不被湮没在题目和名字里，我们开始将如利维坦般庞大的文学划分为不同的体裁，就像我们区分体育项目一样，而作家们则是不同项目的运动员。

文学市场的商业化把文学分成了不同的门类，培育出了热爱侦探故事、奇幻文学、科幻小说的读者群体，由此产生了各种各样内容完全独立的书展、文学节。这种局面原本是为了方便书店店员和图书管理员有条不紊地摆放书架上的大量图书，便于读者从浩如烟海的书籍中找到自己感兴趣的作品，现在这却成了一种抽象的分类法。不仅现有的图书被人为地划分，作家也开始按照这种分类法写作。作品的类型化越来越像制作蛋糕的模具，产出的都是类似的产品。它们的可预见性为人称道，即使缺乏新意也被当作成功。读者知道他会读到什么，也的确会读到他想读的东西。我在潜意识里就反对这样的秩序，因为它限制了写作的自由，抑制了实验性的、打破常规的念头，而这些才是创作的本质。这种秩序还将离经叛道赶出了创作过程，但是一旦没有了离经叛道，就没有了艺术。一本好书，不是必须要与某种体裁相符合。对文学作品进行分类是文学商业化的后果，是将文学当成品牌、目标等当代资本主义市场化运作产物的结果。

应该感到满意的是，我们见证了系列电影这种新的讲述方式的诞生，它的隐藏任务就是将我们带入忘我之境。诚然，这种叙事方式早已存在于神话和荷马史诗当中，赫拉克勒斯、阿喀琉斯和奥德修斯毫无疑问就是最早的系列剧的主角。只是在以前，这种模式从未有过如此广大的空间，也未对集体想象产生过如此重要的影响。二十一世纪的前二十年是属于这种模式的。它对我们讲述世界、理解世界的方式产生了革命性的影响。

今天，系列故事不仅通过生发各种节奏、分支和角度，延长了叙事的时间轴，还构建了新的秩序。很多时候，系列故事的任务就是尽可能长时间地粘住读者——系列叙事会不断增加线索,把这些线索以一种不可思议的方式交织在一起,在陷入迷局之时又回归到古老的叙事方式,就好像古希腊歌剧中的"天降神兵"。设计接下来的剧集的时候,往往为了同正在发生的事件相符,需要临时改变人物的整个心理状态。一开始温和、冷淡的人物,最后会变得满心仇恨、性情暴戾,配角会成为主角,而我们密切关注的主角却不再重要或者干脆令人无比惊愕地消失了。

总是会有下一季,于是故事结局必须得是开放式的,读者永远没机会感受到神秘主义的"卡塔西斯"①,无法体会内心变化、自我实现和参与小说情节所带来的满足感。复杂的、无尽的,"卡塔西斯"式的情绪"净化"所能带来的满足感不断被延迟,这样的观感令人上瘾和痴迷。这种"寓言连载"的方法很早以前在《天方夜谭》里就被使用

---

① 宗教术语,意为"净化"或"净化说"。

过,现在又回到了系列作品的叙事之中,改变了我们的敏感度,带来了奇怪的心理反应,使我们脱离了自己的生活,痴迷于"追剧"带来的兴奋感。同时,系列作品进入了崭新广阔而又混乱的世界节奏之中,成为这个世界混乱的交流、不稳定性和流动性的一部分。这种叙事方式可能正在最具创造性地寻找今天新的艺术公式。从这个意义上讲,系列作品正在认真研究未来的叙事,使故事适应新的现实。

然而最重要的是,我们生活在一个信息相互冲突、排斥、针锋相对的世界之中。

我们的祖先认为,知识不仅会给人带来幸福、繁荣、健康和财富,而且会创造一个平等和公正的社会。他们认为世界缺乏的是知识带来的普遍智慧。十七世纪一位伟大的教育家扬·阿莫斯·考门斯基[①]创造了"泛智主义"这个概

[①] 扬·阿莫斯·考门斯基(1592—1670),捷克教育家、哲学家和文学家,一生有二百余种著述,主要文学作品有《世界的迷宫和心灵的天国》等。

念,表示可能获得的全知和普遍知识,这种知识包括所有可能的认知。最重要的是,这也是有关每个人都能获得知识的梦想。获取有关世界的信息是否会让大字不识的农民变成一个有意识地反思自己和世界的人?唾手可得的知识是否会使人们理智而富有智慧地生活?互联网的产生令我们觉得,这些想法似乎终于可以完全实现。我很赞同并且支持的维基百科在考门斯基以及很多同一流派的思想家看来,似乎就意味着人类梦想的实现——我们几乎在世界的任何地方创造并获取不断被补充、更新和可用的大量知识。

但是梦想成真常常使我们失望。我们发现自己无法承受如此巨大的信息量,它们并未经历从总结、概括、释放到区别、分割和封闭的过程,而是创造了许多彼此不相容甚至敌对的、令人反感的故事。

此外,互联网不假思索地遵从市场进程的影响,替垄断玩家控制着庞大的数据量。这些数据并未被广泛用于知识的获取,而是为研究用户行为的程序服务,剑桥分析公司

(Cambridge Analytica)①丑闻就充分说明了这一点。

与期盼之中的世界和谐相反,我们听到的多是刺耳之声。我们在难以忍受的杂音中拼命寻找那些最柔和的旋律,甚至是最微弱的节奏。莎士比亚的名言比以往任何时候都更符合这种尖锐的现实:互联网如痴人说梦,充满着喧哗与骚动。

政治学家的研究却与扬·阿莫斯·考门斯基的直觉背道而驰。考门斯基认为,政治家对世界的了解越广泛,就越会理性地做出审慎的决定。但是看起来事情并不是这么简单。知识可能是压倒性的,但它的复杂性和模糊性塑造出了各种各样的防御机制——从否认、压制逃脱到简化的、意识形态化的、党派化的思考原则。

假新闻和捏造事实等种类的文字提出了一个新的问题——什么是虚构。多次被欺骗、误导的读者正在慢慢获

---

① 英国一家大数据分析公司。2018年3月17日,《纽约时报》和《观察家报》等一齐爆出消息,该公司曾效力于特朗普总统竞选,并将大量用户隐私用于影响大选。这一丑闻使得该公司声名狼藉。

得一种特殊的、神经质的敏感特质。非虚构小说的巨大成功可能正是人们对这种虚构文学产生的疲劳反应。在今天如此巨大的信息混沌之中，非虚构文学在我们的头顶呐喊："我来告诉你们真相，只有真相。""我的故事源于事实！"

谎言成了大规模杀伤性武器，虚构小说因此失去了读者的信任，即使它仍然是一种原始的艺术工具。我经常遇到质疑我作品真实性的问题："您写的都是真的吗？"每当这个时候我都会觉得，这个问题本身就预示着文学的终结。

从读者的角度来看，这是一个无辜的问题，但作家听起来确实很可怕。我又该如何回答？我该怎么解释汉斯·卡斯托普[①]、安娜·卡列尼娜或维尼熊的本体论地位呢？

我认为读者的这种好奇心是文明的退化。它损害了我们多维度（具体的、历史的、象征的、神话的）地参与由一系列事件构成的生活的能力，参与被称为"生活"的事件链的

[①] 托马斯·曼长篇小说《魔山》中的主人公。

能力。生活是由事件创造的,但只有当我们能够解读它们,尝试理解并赋予它们意义时,它们才会成为经验。事件是一种事实,经验却是一种难以言表的其他东西。是经验,而非事件,构成了我们生活的素材。经验是一种被解读并留存在记忆中的事实。它还意指我们心中的某种基础的、有意义的深层结构,我们可以在这种结构的基础上,扩展自己的生活并对此仔细研究。我相信,神话就发挥着这样的结构性作用。众所周知,神话从未发生过,但它总在发生着。今天,神话不仅存在于古代英雄的历险记中,还体现在现代的电影、游戏和文学作品之中。奥林匹斯山众神的生活被移至王朝之中,而主角们的英雄事迹则由劳拉·克劳馥①演绎。

在真假的尖锐对立之中,由文学创作讲述的我们经验的故事,具有其自身维度。我从不热衷于对虚构和非虚构

---

① 著名动作冒险类电子游戏《古墓丽影》系列及相关电影、漫画、小说中的人物。

进行简单划分，除非我们认为这种划分是口号性的。在浩如烟海的关于虚构小说的众多定义中，我最喜欢的是最古老的、亚里士多德的定义：虚构总是某种事实。

我也非常信服作家、散文家爱德华·摩根·福斯特对情节和报道的区分。他曾经写道，当我们说"丈夫死了，然后妻子死了"时，这是一种报道。当我们说"丈夫死了，然后妻子伤心而亡"时，这就是小说。每种情节化的处理都是我们从"接下来发生了什么"这个问题过渡到试图根据人类经验来理解"为什么会这样"。

文学开始于"为什么"，即使我们习惯于不停地用"我不知道"回答这个问题。因此，文学提出了维基百科无法回答的问题，因为它不仅限于事实和事件，还直接涉及我们的经验。

但是，在其他叙事方式面前，小说和文学可能已经整体上变得相当边缘化了。影像、电影、摄影、虚拟现实和增强现实体验等新型直接传播体验的媒介，将成为可以替代传统阅读的一系列重要形式。阅读是一个非常复杂的心理感知过程。简单地说,首先,将最难以捉摸的内容概念化和口头化,转换为文字和符号,然后从语言"解码"回到经验。这需要一定的智能。最重要的是,它要求我们的关注和专注,而在当今这个注意力极度分散的世界中,这项技能变得越来越罕见。

在传递和分享自己的经验方面,人类走过了很长的路。起初人们依赖鲜活的文字和人类记忆进行口头表达,到古腾堡革命①时,故事通过写作广泛传播并得以编纂和永久保存。这一变化的最大成就在于,我们开始通过写作来认识思维,思想、类别或符号成为这一过程中的特定方式。如今,当无须借助印刷文字就可以直接传递经验的时候,我们明显面临着一场同样重大的革命。

当我们可以拍照并将这些照片上传到社交网站,或者

---

① 指德国发明家约翰·古腾堡(1398—1468)发明的活字印刷术导致的媒体革命。

发送给这世界上的每一个人的时候，我们就没有写旅行日记的需要了。当打电话变得容易，我们就不再写信了。如果能看电视连续剧，为什么还要读大部头的小说呢？与其出去和朋友玩耍，不如自己玩游戏。看某人的自传？没意义，因为我在"照片墙"（Instagram）上关注名人的生活，而且了解他们的一切。

二十世纪的我们还在担心电影电视的影响，而今天图像已非大敌。这已完全是另外一个维度的经验在直接影响着我们的感官。

三

关于世界的讲述正面临着危机，我不想对此勾勒任何整体看法。但我常常感到，这世界缺点什么东西。我们透过屏幕、通过应用程序感知世界，尽管获得每个具体信息都不可思议地便利，但这个过程变得虚幻、遥远、双重维度、难以描述。如今,人们爱用"某人""某物""某处""某时"这样的表述,这其实比我们绝对肯定地讲出具体观点更危险。哪怕我们说,地球是平的,疫苗会杀人,气候变暖是胡扯,民主在很多国家并未受到威胁。"某处"淹没了某些试图穿越大海的人。"某段时间"以来,"某场"战争在"某处"发生着。在信息的洪流中,个别化的消息失去原本的轮廓,消失在我们的记忆中,变得不再真实。

泛滥成灾的暴力、愚蠢、残酷和仇恨被各种"好消息"中和,但它们无法掩盖一种难以形容的感觉:这个世界出了问题。这种感觉曾经只属于神经质的诗人,如今却已成为人群中普遍存在的一种不确定性和焦虑感。

文学是为数不多的使我们关注世界具体情形的领域之一,因为从本质上讲,它始终是"心理的"。它重视人物的内在关系和动机,揭示其他人以任何其他方式都无法获得的经历,激发读者对其行为的心理学解读。只有文学才能使我们深入探知另一个人的生活,理解他的观点,分享他的感受，体验他的命运。

讲述总是要围绕着意义进行。即使讲述没有明确地表达意义，甚至有些时候程式化地逃避对意义的探求而专注于形式和实验，有时候会进行形式上的反叛并寻找新的表达方式。哪怕当我们阅读那些最行为主义的、词句简洁的故事，我们也不能不问："为什么会这样？""这是什么意思？""这有什么意义？""这会带来什么后果？"我们的思想可能会演变成一个故事，仿佛环绕着我们的数百万个刺激点被赋予了意义，即使在睡觉的时候也一直在不停地继续着我们的讲述。所以，讲述就是排列组合无穷无尽的信息，建立它们与过去、现在和未来的联系，发现它们的重复性，并将它们按因果分类。在这一过程中，理智和情感同时在工作。

讲述最早的发现之一就是命运，这一点不足为奇。命运虽然让我们觉得恐惧和不人性，但它将秩序和稳定带入现实。

四

女士们，先生们，照片上的女人，我的妈妈，在我出生前就想念我的人，几年后开始给我讲童话故事。

其中一个故事是汉斯·克里斯蒂安·安徒生写的。一个被扔到垃圾箱的茶壶抱怨自己受到了人类的残酷对待——只不过是壶把掉了，人们就把它给扔了。如果人类不是如此苛刻和追求完美，它就还能派上用场。接着其他一些坏掉了的物件挨个儿讲自己的故事，一个真正的史诗故事就这么诞生了。

我小时候听这个童话的时候，脸上沾着点心渣儿，眼睛里满是泪水，那时的我深信，每个物件都有自己的问题、感情，甚至有与人类一样的社会生活。餐具柜中的盘子会相互交谈，抽屉里的刀叉是一个大家庭。动物是神秘、智慧和有自我意识的生物，精神的联系和深刻的相似性一直将我们与它们联结在一起。河流、森林、道路也有它们的存在方式——它们是有生命的,勾勒出我们生活空间的地图,为我们构建起一种归属感,一个神秘的空间。我们周遭的景观有生命,太阳、月亮和所有天体有生命。整个可见和不可见的世界都有生命。

我是从什么时候开始对此产生怀疑的?我在生活中寻找着这样的一个时刻,只需一个单击,一切就变得不同,变得更细微,更简单。世界的浅吟低唱被城市的喧嚣、计算机的杂音、凌空而过的飞机的轰鸣,以及信息海洋中那令人厌烦的白色纸片给取代了。

一段时间以来,我们在生活中开始碎片化地看待世界,一切都是独立的,彼此之间隔着星系间的距离,而我们所生活的现实更向我们证明了这一点:医生分专科治病,税收与清理我们每天上班要走的路上的积雪无关,午餐和大农场无关,新衬衫和亚洲的某个破烂工厂也没什么关联。一切都是彼此独立的,毫无联系。

为了让我们接受这种现状,有了号码、身份标签、卡片、粗糙的塑料标识，这些东西让我们不再注重整体，而只关注其中的某个部分。

世界正在消亡，而我们甚至没有注意到这一点。我们没有注意到，世界正在变成事物和事件的集合，一个死寂的空间，我们孤独地、迷茫地在这个空间里行走，被别人的决定控制，被不可理喻的命运以及历史和偶然的巨大力量禁锢。我们的灵性在消失，或者变得肤浅和仪式化。或者，我们只是成为简单力量的追随者——这些物理的、社会的、经济的力量让我们像僵尸一样。在这样的世界里，我们确实是僵尸。这就是为什么我想念那个茶壶所代表的世界。

五

我一生都对相互联系和影响的网络着迷，虽然我们常常意识不到这种联系和影响，对它们的发现纯属偶然。这就好比我在《云游》中写到的那些时间、地点和命运的惊人巧合，所有的桥段、插件、衔接和黏合。我着迷于对事实的反应和对秩序的探求。我相信，实际上，作家的思想在于合成，他们坚持收集所有碎屑信息，重新将其黏合成一个整体。

那么作家该如何写作，如何构建一个足够支撑星群般庞大世界的故事呢？

当然，我知道我们无法像过去那样，通过口口相传的神话、童话和传说讲述世界。今天的讲述必须是更加多维的、复杂的。我们对世界的了解显然更多，我们深知，看似遥不可及的事物之间有着惊人的联系。

让我们看看世界历史上的一个时刻。

这一天是 1492 年 8 月 3 日，一艘名为"圣玛丽亚"的小帆船在西班牙巴罗斯港的岸边格外显眼。帆船的掌舵人是克里斯托弗·哥伦布。阳光普照，水手在码头四周闲逛，港口工人将最后一批装着储备食物的箱子搬到船上。天气炎热，但从西部吹来的微风缓和了相互告别的家人们别离的伤感。海鸥在坡道上庄严地漫步，小心翼翼地追随着人类的行为。

我们现在穿越时光看到的这一刻，造成了后来五千六百万美洲原住民的死亡。那时这些原住民的总数接近六千万，占当时地球总人口的百分之十。欧洲人在不知不觉的情况下，带来了致命礼物——美洲原住民无法免疫的疾病和细菌。同时发生的还有残酷的奴役和杀戮。屠杀持续了很多年，造成了国家更迭。在那片曾经有豆类、玉米、土豆和西红柿生长的地方，在精心灌溉的耕地上，出现了野生植被。近六千万公顷的耕地随时间流逝变成了一片丛林。

植被生长和再生的过程吸收了大量的二氧化碳，削弱了温室效应，降低了地球的温度。

这是对欧洲小冰河时代出现的情况的一种科学解释。小冰河时代在十六世纪末造成了长期的气候变冷。

小冰河时代还改变了欧洲的经济。在接下来的几十年中，寒冷漫长的冬季、凉爽的夏天和大量降雨，降低了传统农业的生产率。西欧生产粮食自给自足的小型家庭农场效率低下,出现了饥荒,生产开始需要专业化发展。英国和荷兰受气候变冷的影响最大,农业无法成为经济的主要支柱,因此开始发展贸易和工业。暴风雨的威胁促使荷兰人抽干圩田,将湿地和浅海地区转变为陆地。鳕鱼生长的范围南移,这对斯堪的纳维亚半岛造成了灾难性的打击,对英国和荷兰却是有利的——它们开始发展为海洋和贸易大国。斯堪的纳维亚国家的降温尤为严重。同绿色格陵兰岛和冰岛的连接中断,严寒的冬季致使收成减少,造成了持续多年的饥荒和匮乏。因此,瑞典对其南边的地区垂涎三尺,开始了与波兰的战争(特别是自波罗的海成为冷海以来,军队越海而至变得容易),并参加了欧洲三十年战争。

科学家们试图更好地理解我们的现实,它是一个相互关联、紧密联系的影响网络。这不仅是著名的"蝴蝶效应",即认为如我们所知,在某个过程中,最初的微小变化,在未来会产生巨大且不可预测的结果，而现在这里还有无数的蝴蝶及其翅膀在扇动，从而形成穿越时空的强大生命波。

在我看来，"蝴蝶效应"的发现标志着一个时代的结束。在那个时代，人们坚定不移地相信自己的能力、控制力、对世界的掌控力。"蝴蝶效应"并没有消减人类作为建造者、征服者和发明者的力量，却令我们意识到，现实比我们任何时候想象的都要复杂。而人不过是这些过程的一小部分。

越来越多的证据表明，在全球范围内存在着独具个性的，甚至有时令人惊讶的关系。

我们所有人——我们和植物、动物、物体——都沉浸在受物理定律支配的一个空间里。这个共同空间有着自己的形状，物理定律在其中雕刻出不计其数的、不断相互参照的形式。我们的心血管系统类似于江河的流域系统，叶片结构类似于人类的通信系统，星系的运动类似于洗脸池中水流动的漩涡，社会的演进类似于细菌菌落的变化。这个系统在微观和宏观尺度上都展示出了无限的相似性。我们的话语、思维和创造力不是抽象的、与世界分离的东西，而是其不断转变过程在另一个层次的延续。

六

我一直在想，今天我们是否可能找到一个新型故事的基础，这个故事是普遍的、全面的、非排他性的，植根于自然，充满情境，同时易于理解。

是否有这样一种讲述出来的故事，能够跳脱"我"自己缺乏沟通的封闭性，揭示更大范围的现实并展现相互关系？能够使我们远离那些普遍存在的、显而易见的、"毫无创见的观点"的中心，并且能够从中心以外的角度来审视非中心的问题？

我很高兴文学出色地保留了所有怪诞、幻想、挑衅、滑稽和疯狂的权利。我梦想着高屋建瓴的观点和远远超出我们预期的广阔视野。我梦想着有一种语言,能够表达最模糊的直觉。我梦想着有一种隐喻,能够超越文化的差异。我梦想着有一种流派,能够变得宽阔且具有突破性,同时又得到读者的喜爱。我还梦想着一种新型的讲述者——"第四人称讲述者"。他当然不仅是搭建某种新的语法结构,而且是有能力使作品涵盖每个角色的视角,并且超越每个角色的视野,看到更多、看得更广,以至于能够忽略时间的存在。哦,是的,这样的讲述者是可能存在的。

大家是否想过,这位出色的讲述者,在《圣经》中大喊着"太初有道"的人是谁?是谁写下了创世的故事、混乱与秩序分离的第一天?是谁追寻宇宙诞生发展的过程?谁了解上帝的思想,知道他的疑惑,坚定不移地在纸上写下"上帝承认这是好事"?那个知道上帝在想什么的人,是谁呢?

抛开所有神学上的疑问,我们可以认为,这个神秘而敏感的讲述者是神奇而独特的。这是一个观点,可以从中看到一切。看到所有这些,就是承认现有事物相互关联成一个整体的最终事实,即使我们还不知道这些关系具体是什么。看到所有这些也意味着对世界的完全不同的责任,因为很明显,每个"这里"与"那里"的姿态是相关联的,在某处做出的决定会对另一个地方产生影响,意即区分"我的"和"你的"开始引起争议。

因此,我们应该诚实地讲故事,以便在读者的脑海中激发整体感觉和将片段整合为一个模块的能力,以及从事件的微小粒子中推导出整个星群的能力。我们应该讲这样的故事,明确表明所有人和所有事物都能够沉浸在一个共同的想象之中,随着星球的每一次旋转,我们的脑海中都会产生这样的思想。

文学就具有这种力量。我们必须能够感知并不复杂的文学分类,高雅的和低俗的,流行的和小众的,我们要有能力不费吹灰之力地划分作品类型。我们应该放弃

"民族文学"一词,因为我们深知文学世界是一个跟一元宇宙一样的单一世界,一个人类经验统一的共同的心理现实,在这个现实中作者和读者通过创作和解读,发挥出同样重要的作用。

也许我们应该相信碎片,因为碎片创造了能够在许多维度上以更复杂的方式描述更多事物的星群。我们的故事可以以无限的方式相互参照,故事里的主人公们会进入彼此的故事之中,建立联系。

我想,我们需要重新定义今天我们用现实主义理解的东西,需要寻找一种能够使我们越过自我边界、穿透我们看世界的镜像的概念。如今,媒体、社交网络和直接的在线关系,满足了现实的需求。摆在我们面前的不可避免的也许是一些新的超现实主义和重新被布局的观点,这些观点不惧悖论,面朝简单的因果关系逆流而上。哦,是的,我们的现实已经变成了超现实。我也确信,许多故事都需要在新的科学理论的启发下,在新的知识环境中重写。但是不断探索神话和整个人类想象似乎同样重要。回归到神话的紧凑结构中，可能会在今天这种不确定性中带来某种稳定感。我相信神话，这是我们心理的基石，不容忽视（顶多有可能我们没意识到它的影响）。

也许很快就会出现一个天才，他将构建一个完全不同的、今天的我们难以想象的叙事，所有重要内容都被囊括其中。这种讲述方式肯定会改变我们，令我们放弃旧的观念，向新的观点敞开怀抱。这些观点一直存在于此，但我们曾经对它视而不见。

托马斯·曼在《浮士德博士》中描写了一位作曲家，他提出了一种能改变人类思维的全新的音乐类型。但是曼没有具体描写这种音乐是什么样的，他只是提出，这种音乐听起来是什么感觉。也许这就是艺术家所扮演的角色——预先体验一下可能存在的艺术，然后用这种方法让它变得可以想象。而可以想象到的，就是存在的第一阶段。

七

我写小说,但并不是凭空想象。写作时,我必须感受自己内心的一切。我必须让书中所有的生物和物体、人类的和非人类的、有生命的和无生命的一切事物,穿透我的内心。每一件事、每一个人,我都必须非常认真地仔细观察,并将其个性化、人格化。

这就是温柔的作用——温柔是人格化、共情以及不断发现相似之处的艺术。

创作一个故事是一场无止境的滋养,它赋予世界微小碎片以存在感。这些碎片是人类的经验,是我们经历过的生活、我们的记忆。温柔使有关的一切个性化,使这一切发出声音、获得存在的空间和时间并表达出来。是温柔,让那个茶壶开口说话。

温柔是爱的最谦逊的形式,是没有出现在经文或福音书中的爱。没有人对这份爱发誓,也没有人提及这份爱。

这份爱没有徽标或者符号,不会导致犯罪或嫉妒。

当我们小心地凝视非"我"的另一个存在时,它就会在那里出现。

温柔是自发的、无私的,远远超出共情的同理心。它是有意识的,尽管也许是有点忧郁的对命运的分享。温柔是对另一个存在的深切关注,关注它的脆弱、独特和对痛苦及时间的无所抵抗。

温柔能捕捉到我们之间的纽带、相似性和同一性。这是一种观察世界的方式,在这种方式下,世界是鲜活的,人与人之间相互关联、合作且彼此依存。

文学正是建立在对自我之外每个他者的温柔与共情之上。这是小说的基本心理机制。这种神奇的工具、最复杂的人际交流方式,使得我们的经验穿越时空,走向那些尚未出生的人。有一天他们会去阅读我们所写的内容,我们对自己和世界的讲述。

我不知道他们的生活会是怎样,他们会成为什么样的人。想到他们的时候,我常会感到羞愧和内疚。

今天,我们努力在气候和政治危机中找寻自己的位置,并试图通过拯救世界来与之抗衡。这危机并非毫无缘由。我们常常忘记,这不是什么运势抑或命运的安排,而是非常具体的经济、社会和世界观(包括宗教)的决定带来的结果。贪婪、不尊重自然、利己主义、缺乏想象力、无休止的竞争、责任感缺失,使世界处于可以被切割、利用和破坏的境地。

所以我相信,我必须讲述这样一个世界,这个世界在我们的眼中是一个鲜活的、完整的实体,而我们在它的眼中——是一个微小而强大的组成部分。

(李怡楠译)

"一切都说明,文学将变得越来越小众"

——奥尔加·托卡尔丘克访谈*

格鲁什钦斯基(以下简称"格"):您的书在波兰引起了很大的争议,您是不是习惯这样被人恶意攻击?

托卡尔丘克(以下简称"托"):我不太明白,引起了什么样的争议?我自己也并不清楚,他们指控我什么?但是,

---

* 2019年3月,奥尔加·托卡尔丘克在她策划并组织举办的"引号国际文学节"上接受了波兰记者阿尔卡迪乌什·格鲁什钦斯基的专访,六个月后,瑞典学院宣布授予托卡尔丘克2018年度诺贝尔文学奖。——编者注

对我所有的诟病,都是来自现实的震颤效应,以及当我们区别真与假、是与非时所引出的困扰。我觉得很有意思的是,为什么在最近的几十年里,人们对待文学的态度变得过于严肃,没有了距离感?为什么人们对于文学或者艺术的理解越来越狭隘,不再把它当作某种隐喻、泛化或是檄文?也许是我们的教育不够好?也许我们没有敏感地意识到,文学和艺术本来就是非常精致的交流方式,有些人可能根本就理解不到这一点。

格:那么,您为什么想在文学节上讨论教育话题呢?

托:文学节的组织者们邀请我在活动期间准备几场辩论和讨论,我很愉快地同意了,因为我认为,接触这些书籍,并与其作者们碰面,是一个难得的机会,我们可以共同谈论更为广泛的主题,能够超越政治家们为我们设定的四年规划前景,思考更长久的未来。在这里,能够跳出追逐权力斗争的政治基调。同时,必须要改变思维惯性,扩大视野,转变关注的优先级。因此，未来的教育问题就顺理成章地成了讨论的话题之一。

格：您是否正在为世界末日做准备？

托：你为什么会这么想？

格：在辩论的导言中，您指出，我们可能正在观察我们所知世界的终结。

托：毕竟，我们正在经历一场翻天覆地的变革，这也将是一场长期的、颠覆性的、必然性的变革。一百年后的世界，不论是经济生活，还是社会生活，都将完全不同，整体的环境也会发生彻底的改变。当然，我们这代人恐怕是看不到了。我们就生活在这样一个过渡时期，但我们并不知道这一切最终朝哪个方向发展。

格：最近的一份气候报告展望了四十年后的全景，也许您还是可以亲眼见到的。

托：这恐怕不太容易，但我还是很好奇，我们能否收拾好这个烂摊子，我们是否也会像之前的许多物种一样消失。

格：您希望怎样呢？

托：人类具有强大的行动力，在很多方面改善了自己的生存条件。我们看一下统计数据就能了解到，人类的生存质量得以提高，寿命有所延长，我们已经不会死于一百年前导致人口锐减的多种疾病了，我们控制住了流行病。此外，尽管我还持保留态度，但地球上的饥饿人口总归是减少了，许多贫困地区消失了，人们的生活与几十年前相比，过得越来越好。因此，这么多积极的改变在不断发生，我也不该极端悲观地认为，这四十年就是转折点，四十年之后我们就将从这个星球上消失。

格：许多积极的改变？比如呢？

托：我们对待动物的态度已经发生了改变。同时，战争和直接暴力已经不再是解决问题的唯一方法。人们在试图阻止对地球的破坏。我对诸如在澳大利亚或印度种植一百万棵树的举措感到非常欣慰。一些国家还禁止使用一次性塑料。

只是我们还需要培养理性和批判性思维，它能将恐慌与真相分离，这也许会为我们带来希望。只要我们每天能反省，从一件小事做起，比如，有节制地吃肉。人们已经开始付诸行动了。您知道吗，仅去年一年里，全球范围内减少的肉类消费就避免数以亿计的猪、牛和兔子的过度养殖。如果我们将其转化为甲烷和二氧化碳的减排量、有毒的人工饲料和肥料的削减量，那么结果是显而易见的。

格：您怎么看，我们身处气候恶化的边缘，人类将会怎样？

托：我觉得，这不是个如何思考的问题，而是个科学常识问题。我们过去把自己和大自然、周围环境分离开来。我们赋予了自己凌驾于其他生命和无生命物质之上的道德权威。作为一个物种，人类非常有可能在进化过程中被编程为一种极具侵略性的哺乳动物。对环境的破坏令生存都无以为继的状况，如今就在我们身上发生了，以前也曾在其他物种身上发生过。

在我们的历史上已经出现过这样的灾难。我想到了玛雅人的故事，他们小范围地破坏了自然环境，毒害了土壤，滥伐森林，最终不幸地消亡了。而今天，这种破坏是全球范围的、大规模的，玛雅人的悲剧应该能让我们引以为鉴。

文学节上的第一个讨论环节中，我们将对我们所处的状况进行诊断，以正视我们过去、现在和未来的处境。在接下来的讨论中，我们将考虑，是否有可能整体性或者局部性地恢复人与自然的平衡。首先应该反思的是，我们是否明白自己是属于大自然的一部分，而不是站在自然的对立面。

格：也就是说，要结束"一切都围绕人转"的时刻？

托：现在肯定已经达到了"一切都围绕人转"的极限。我们不知道接下来会发生什么——人类自我控制的机制会启动吗？我们是否拥有这种机制呢？

格：波兰人有这种机制吗？

托：不能把我们的民族从关于地球的全局性讨论中排除出去，我们不是什么特殊的部落。

格：什么？我们可是上帝的选民啊！

托：我不这么认为。我们处于一个依存式的系统链中。如今，无法通过地域性手段解决全球性问题。举个例子，在生态环境极佳的瑞典，去年有几天不得不发布雾霾警报，因为风把波兰的污染物吹到了那里。我在努力地做全面性的考虑，在讨论时，"波兰还是非波兰"的问题将是次要的。

格：本届政府的政策好像并没有回应气候问题的挑战？

托：这届波兰政府的做法在某种程度上特别不适合这个时代。他们唯一的解决方案就是回归过去。这就像一个胆怯的孩子，在黑暗的房间里，试图将头隐藏在被子下，假装什么也没发生。

格：您也写到过，这个正在走向终结的世界，正遭受着民族主义的回潮。

托：我认为，这个观点并不是我原创的，它是一种怀旧情结的反映，人们渴望回归到一个安全的、有序的、可以被理解的世界中去。

格：这恐怕从一开始就是错误的，因为有很多人是被排除在这个有序世界之外的。

托：但至少那个世界是可理解的、可控的。当国家之间还存在界限时，人们被赋予某种集体身份，更容易理解在这些边界之上发生的进程。

格：当代的民族主义者跟过去一样，也会走上街头游行。您不怕暴力吗？在您的家乡弗罗茨瓦夫，那些反犹太群体当众焚烧了象征犹太人的人偶。

托：在华沙，来自乌克兰的"优步"司机被殴打。他们对弱者、对外来人进行恶意攻击。但最可耻的是，这种仇恨情绪是由政府推动的，政府本应是法制的守护者，然而面对这样的暴力行为却保持沉默。我希望这种态度能很快得到扭转。

通常，短视的政策不仅狭隘，而且非常有害。它不能为社会群体设定一个可以共同实现的目标，也没有持续、大胆而有远见的行动。我对这届文学节上提出的，要对未来进行长远设想的呼吁很感兴趣。这不仅是从一次选举到另一次选举之间的思考，而是将目光放到二十年、五十年，甚至是一百年后尺度的愿景。

格：这在我们国家是不可能发生的。

托：我们与善于规划的荷兰人和挪威人有什么区别？我们生活在同样的文明中，用相似的方式为"麻烦"下定义。我认为目前在波兰实行的政策都是过渡性的，我们人人置身其中，它们无所不在，在当下，在这里，在媒体上，在议会中……但事实上，实质性的变化却发生在别处。

格：那么，文学有助于加强对这些问题的理解吗？

托：那当然了。就像电影、视觉艺术、新出现的直接展现人类体验的网络小说、电脑游戏或是虚拟现实等艺术形式一样。

格：那"照片墙"这个社交应用软件呢？

托：我不了解这个应用软件，但据我了解，那里根本就不需要语言？

格：是的，照片和视频就足够了。您也曾在自己的文章中写道："也许书写的文字将会消失。这是否意味着文学将死去？"

托：哦，我们正好预约了一个与亚采克·杜卡的有趣会面，它被安排在文学节的尾声，由埃德温·本迪克主持。一切都说明，文学将变得越来越小众。但是，请记住，文学从来都不是大众的、普及的。有时，我们对文学抱有异常理想化的思想，甚至认为，总有一天大众都会去阅读那些伟大的、厚重的和精彩的小说。但这是不可能的，大多数人从来都不读书。文学一直都是精英们的功课。文学的参与者在人口中总是比例很小。他们是上帝的宠儿，在文学世界里自得其乐。

格：让我们回到这次谈话的主题上吧，文学扮演着怎样的角色？

托：关于文学还是有很多可说的，尽管只是对人数很少但很重要的这部分读书人来说。首先它是美妙的交流语言，能够唤起我们与他人的同感与共鸣。文学能让我们参与到其他人的生活中，让我们体验他人的生活经历。

格：这是文学最美妙的地方。

托：是的，我也这样认为。它能让我们渗透到他人的人生。

格：文学中还能折射出自己的人生。

托：的确如此。人们通过阅读会变得更强大，拥有更宽广的意识。尤其是小说，能让我们在某个时间成为某个人，游历他的人生旅途。我们读完这样的小说，就像结束了一场到某个无比真实的世界的虚拟旅行，久久不能忘怀，甚至它会永远改变我们的观念。文学还拥有预见未来的能力，提出的问题远远超出我们眼前的小时空。在本次文学节上我们也筹划了一个论坛，来讨论科幻文学出现的新现象,科幻文学往往会超越我们的视野。

格:您在很多地方都谈到过新技术。我们可否将其视为正面的、积极的?

托:是的,我们有很多证据来证明这一点。由于新技术的发展方便了人与人之间的联系,距离已经不像过去那样具有重要意义,我们交换观点的速度和方式也更加快捷。新科技可以挽救人们的生命,可以让我们看到我们身体永远无法到达的地方,还可以扩展我们的想象力。今天我看到便携式显微镜已经可以安装到我们的手机上使用了。新技术带给这个世界的变化令人难以置信。问题在于,我们的身体与五千年前的人类别无二致,我们的思考方式也同我们的祖先一样。也许这就是为什么我们通常无法以创造性的方式使用新技术的原因。遗憾的是,有些技术反而是不利于我们的,它们被运用到战争中。我想,这次辩论也将探讨这个问题。

格：文学对新技术有何反映呢？

托：从哪方面理解呢？

现在的人，精力越来越分散，不会聚焦在长篇幅的文章上，可能读我们这篇访谈的人，都不会读到这个问题。

文学，与我们以何种方式相互谈论自己的世界紧密相连。如果我们关注各种不同文学体裁的发展，就可以看到它们是如何尝试着适应时代需求而不断发展变化的。

格：从中我们可以得出"我们活在小说的时代"这一结论吗？

托：我们永远活在小说的时代。我们不能脱离叙事而存在，叙事创造了世界、文明和文化。从这个意义上来说——小说——文学从来都不会灭亡，最多是改变它的载体和形式。

有趣的是，文学在向电影学习，学习如何讲述故事，如何有序地构建结构。同时，它也在从游戏中汲取养分。当下，文学的变化一定比任何时候都要快，但人们依旧在购买厚厚的纸质书。

格：您也会让自己的书适应这些新时代要求吗？

托：我自己作为一个读者，有这样一种感觉——已经不能像过去那样描述世界了。今日，我们对时间有不同以往的感受，对细节、语言额外地敏感。

格：让我们具体来谈谈文学节上的辩论论坛吧。

托：好的。我想关于自我约束的哲学讨论将会比较有吸引力，我们是否需要建立某种全新的伦理和道德价值体系，来应对生态灾难的威胁，以及应对其他问题，例如说人们的收入存在巨大差距的问题？

这个问题对于波兰来说是有点奇怪的，因为波兰社会在很长一段时间内都饱受物资匮乏和贫穷的困扰。在转型时期，很多人都被边缘化，被迫丢失了工作，直到最近几年波兰人的收入才略有改善。

但我们是个虔诚的基督教社会,天主教就是建立在自我约束的哲学基础之上。您看到了安杰伊·杜达总统如何公开解释周五吃肉吧?对于很多人来说,这可能很古怪,但我总是支持戒肉的,哪怕一周只有一次。

格:那么,宗教将何去何从?

托:波兰的天主教信仰危机以及全世界都出现的对待宗教态度的彻底变化促使我们去想象,未来的宗教将会怎样?我们从小接受的宗教信仰——等级制的、基于父权的一神论,曾经可以满足人们的精神需求,但未来是否还可以承载新的世界的想象?

(茅银辉译)

SZAFA
Copyright © Olga Tokarczuk 1998
This edition arranged with Olga Tokarczuk c/o Rogers, Coleridge and White Ltd.
Through BIG APPLE AGENCY, INC., LABUAN, MALAYSIA.
"The Tender Narrator"
Copyright © Nobel Foundation 2019
All rights reserved.
本书中文简体字版版权，浙江文艺出版社独家所有。
版权合同登记号：图字：11-2020-154号
托卡尔丘克受奖演讲合同登记号：图字：11-2020-159号

图书在版编目（CIP）数据

衣柜／（波）奥尔加·托卡尔丘克著；赵祯，崔晓静译. —杭州：浙江文艺出版社，2020.8（2021.11重印）
ISBN 978-7-5339-6171-8

Ⅰ.①衣… Ⅱ.①奥… ②赵… Ⅲ.①短篇小说-小说集-波兰-现代 Ⅳ.①I513.45

中国版本图书馆CIP数据核字（2020）第129145号

统　　筹：曹元勇
策划编辑：李　灿
责任编辑：易肖奇
封面设计：compus·汐和
责任印制：吴春娟

衣柜

［波兰］奥尔加·托卡尔丘克　著
赵　祯　崔晓静　译

出版：浙江文艺出版社
地址：杭州市体育场路347号　邮编：310006
网址：www.zjwycbs.cn
经销：浙江省新华书店集团有限公司
印刷：浙江新华数码印务有限公司
开本：880毫米×1230毫米　1/32
字数：55千字
印张：4.125
插页：2
版次：2020年8月第1版
印次：2021年11月第2次印刷
书号：ISBN 978-7-5339-6171-8
定价：29.00元

版权所有　侵权必究
（如有印、装质量问题，请寄承印单位调换）

诺贝尔文学奖得主
奥尔加·托卡尔丘克作品 | KEY-可以文化出品
独家版权，直接译自波兰语原著

《怪诞故事集》（平装）
OPOWIADANIA BIZARNE

译者：李怡楠

托卡尔丘克最新小说集，收录十个怪诞、疯狂、恐怖和幽默的故事：森林里的绿孩子，过世母亲的罐头，接受变形手术的姐姐，修道院里的木乃伊，来自中国南方的心脏……

《衣柜》（平装）
SZAFA

译者：赵祯 崔晓静

托卡尔丘克中短篇小说集，收录三个紧贴生活而充满瑰奇想象的故事。通过独特视角探索衣柜门后、酒店房间内与程序密码中的神秘世界。

《E.E.》（长篇小说） 　　《世界坟墓中的安娜·尹》（长篇小说）
《玩偶与珍珠》（文学评论） 　《犁过亡者的尸骨》（长篇小说）
《鼓声齐鸣》（小说集） 　　《雅各布之书》（长篇小说）
《最后的故事》（长篇小说）

以上托卡尔丘克作品由张振辉、乌兰、茅银辉、李怡楠、林歆等波兰语文学翻译家担当译者。